はたらく魔王さまのメシ!

和ケ原聡司
Satoshi Wagahara
Illustration ■ Oniku
イラスト ■ 029

悪魔大元帥、米を炊く

「こんにちはー！」

千穂《ちほ》の元気な声と共に、玄関のドアが開かれる。

「ああ、佐々木《ささき》さんいらっしゃい」

「おー」

キッチンに立っていた芦屋《あしや》と、畳の上で寝そべってパソコンをいじっていた漆原《うるしはら》がそれぞれ反応する。

「鈴乃《すずの》さんはまだ来てないんですか？」

「仕込みの途中で足りないものに気づいたと言って買い物に行きました。もう戻ってくると思いますが」

「そうですか。あ、これ今日のおかずと、あと田舎からお漬物が来たんで、それも」

「いつもありがとうございます。どうぞ、座っていてください。魔王様もそろそろ仕事が終わる時間ですから、すぐにご飯にしましょう」

「はーい」

千穂《ちほ》が肩に掛けた保温バッグを下ろして、用意してきたおかず類が詰まった容器をてきぱきと取り出してゆく。

「今日はなーにー？」

絶対に自分からは手伝わない漆原《うるしはら》の畳を這《は》う声にも、千穂《ちほ》は明るく答えた。

「今日はレンコンのはさみ揚げですよー」

「レンコンですか、いいですねぇ」

芦屋《あしや》がキッチンでフライパンを振るいながら背中で言う。

「最近野菜多いなー。もっと肉食いたいー」

「お前がそう言うから野菜が多くなるんだ。日本で食べる苦労をしたことも無い貴様が夕食の注文をつけるなどおこがましいぞ」

「はいはいすいませーん」

単語と口調が微妙に変わるだけで、芦屋《あしや》と漆原《うるしはら》のこのやりとりもいつものことだ。

昔は傲慢な漆原《うるしはら》の態度に腹を立てたこともあったが、最近では漆原《うるしはら》がそういう存在であると心の底から理解できているので、むしろ微笑《ほほえ》ましく思うことすらある。

そんな、いつもと変わらないヴィラ・ローザ笹塚《ささづか》二〇一号室の空気に慣れた千穂《ちほ》だからこそ、それに気がついたのかもしれない。

「あれ？　芦屋《あしや》さん、お米変えたんですか？」

芦屋《あしや》の足元に置いてある、米袋が入った買い物袋。

その銘柄が、普段芦屋《あしや》が買っているものと違っていたのだ。

「ああ、これですか。いえ、ちょっと個人的に懐《なつ》かしい銘柄でして、久しぶりに売っているのを見てつい買ってしまったんですよ」

千穂《ちほ》が覗《のぞ》き見ると、袋の表面には

『特選米　きぬのさや　５ｋｇ』

と書かれていた。

「きぬのさや」

それはコメではなくマメではないかと一瞬思い顔を上げると、

「コメです」

芦屋《あしや》が何もかも先回りしてそう言った。

「マメじゃないんですか」

千穂《ちほ》はひるまずそう言うが、

「コメです」

芦屋《あしや》もめげないのでそこで引き下がった。

「最近安くて美味《うま》いと評判らしいのです。初めて食べたときは、投げ売りされるレベルのマイナーな米だったんですが」

芦屋《あしや》はフライパンにかけていた火を消すと、時計を見る。

「そろそろかな」

そして、炊飯器の蓋を開けた。

振動でかすかにちゃぷんと水面が動く音が聞こえ、芦屋《あしや》は小さく頷《うなず》いて蓋を閉じ、炊飯スイッチを入れる。

「この米は、私と魔王様が、この部屋で初めて食べた食べ物なんです」

「へぇ！　そうだったんですか」

芦屋《あしや》は満面の笑みで言った。

「それはもう、最悪の食卓でした」

※

晴れ晴れとした真昼の陽光が差し込む異世界の集合住宅の一室で、サタンとアルシエルは初めてこの部屋に来たときと同じように、膝を突き合わせて座っていた。

二人の前にあるのは、魔界の王と悪魔大元帥《だいげんすい》をして、初めて見るものばかりであった。

「……これは、どうしたんだ」

「魔王様がご不在の間に、あの大家なる生物が持ってきた捧《ささ》げものです」

「嘘《うそ》をつくな」

「申し訳ありません」

アルシエルが守ろうとした高等悪魔としての沽券《こけん》は、一瞬で砕けた。

「あの大家なる生き物が、我らに下からの立場で何かをするとは思えん。人間の医者にかかっている間、我が頭上からとくとくとこの世界での生き方を説いてきたほどの者だぞ」

「そ、そのような無礼を!!」

「無礼だ。だが、逆らえん」

「ぐっ……くそおお」

エンテ・イスラ東大陸を統《す》べた悪魔大元帥《だいげんすい》アルシエルは、怨嗟《えんさ》のうめき声を上げる。

「それで、話を戻すが一体これはなんなんだ」

「……この国の民の、主食だそうです。当座、これで食いしのげ、と」

目の前にあるものを形容するのは、極めて難しかった。

一つは重量感のある不思議な素材でできた袋。

内容物が透けて見える素材であり、中には白い粒状の何かがぎっしりと詰まっていた。

一つは箱。

こちらもサイズの割には重く、しかも固く、黒く長い尾のようなものがついていた。

上部が開閉できるようになっており、苦心して開けてみると、中には金属製の器が嵌《はま》っていた。

「この白い粒、東大陸のある民族が口にしていたものに極めて似ています。確か、コメ、とかいう……」

「ほう、コメ、か」

「コメ、です」

「それならば聞いたことがある。確か、背の低い樹木に生《な》る袋状のものの中から出てくる種子のような」

「魔王様、それはマメです」

「マメか」

「マメです」

「ともかく、これは食えるのだな。この、人間の体で」

「仰《おつしや》る通りです。大家曰《いわ》く、二人ならば節約すれば一ヶ月はしのげると」

「ふむ、確かに重量はあるが、人間の体でこれを食うとなると、やや心もとない量だな」

「はい、もしこれが、私が東大陸で見たものと同じであれば、コメとはこのまま口にするのではなく、熱を加えるものであるはずです」

「熱」

「はい」

「焼くのか」

「焼く……ものもあったような気がします」

「ものも、ということは、他にも食えるようにする方法があると」

「はい。確か、搗《つ》いて捏《こ》ねるという方法が。そうすると、米と米が癒着して、大きな一つの塊になるのです」

「搗《つ》いて捏《こ》ねる……」

サタンは袋を外から押して、聞こえる音に耳を澄ます。

「乾いた音がするが、強い衝撃を加えたら砕けないか、これ」

「は……あとは、確か……」

勇者の侵攻により人間の食生活を理解するまで統治が続かなかったことが悔やまれる。

アルシエルは、それでも必死で思い出して、ふとあることに思い至る。

「そうだ！　大家は食べる前に『よく研げ』と言っていました！」

「研ぐのか……研ぐ……研ぐのか⁉　これの中身を⁉　刃物のようにか⁉　人間の手に比べても、一つ一つが随分小さそうだぞ⁉」

「そ、そうですね。しかも、砥石《といし》のようなものはこの部屋には見当たりませんし……」

サタンとアルシエルはきょろきょろと室内を見回す。

床に敷かれている植物を編み合わせたマット。

土のような壁。木の天井。

「ここは……駄目ですね、つるつるしすぎていて、とても何かを研ぐようなことはできそうにありません」

一ヶ所だけ銀色の金属に覆われた、腰の高さほどの広い台があるのだが、表面はなめらかでおよそ『研ぐ』という行為に適した場所ではない。

「待て、ここは冷静に考えよう。あの大家は、基本的に我々に善意で接している。そうでなければ、人間の医者になどかからせてはくれなかっただろうしな」

「確かに……」

「そうするとだ、お前にこのコメと箱のみを託したからには、今ここにあるものだけで、このコメは食えるようになるのではないか？」

「……なるほど、そうかもしれません」

アルシエルはサタンの慧眼《けいがん》に、大きく頷《うなず》く。

「とりあえず、この袋を開けてみませんか」

「そうだな。直接このコメとやらを触ってみれば、分かることがあるかもしれん」

「では、失礼いたします」

アルシエルはコメの袋を抱え上げると、手で引きちぎろうとする。

するのだが、

「ぐ、ぐ、ぐぬぬぬぬぬぬ！」

「おい、大丈夫か」

「ご、ご心配には及びません、この程度の袋、すぐに、す、すぐ、ふおおお！　あっ‼」

力を入れすぎて指先が滑り、アルシエルは袋を取り落としてしまった。

袋は少しだけ伸びて形が変わったが、破れた様子はない。

「か、固い！」

「固い？　随分柔らかい素材だぞ。そんなまさか」

「私もそう思いましたが、引きちぎれないのです！　指の表面が妙に汗で滑って、しかもこの袋自体、恐ろしく柔軟に形が変わるのです！」

「貸してみろ。……ぬん……！　ぬん！　こ、これは、うぬぬぬぬ！」

「魔王様！　お気をつけて！」

「なんの、これ、しき……ぐうう！　あっ！」

「魔王様っ‼」

やはりサタンは手を滑らせ、袋を手放してしまう。

「ゆ、指先が、痛い……人間とはこんなにも非力なのか‼　おのれええ！」

「ま、魔王様！　お待ちください！　この世界で魔力は‼」

「他に方法が無いっ‼」

サタンは残り少ない魔力を指先に集中させ、渾身《こんしん》の力で袋を引きちぎった。

「ぬっ！」

勢い余って袋の中から白い粒が少し部屋の中に飛び散ってしまった。

アルシエルは粒が凶器であるかのように、思わず後ずさる。

残り少ない魔力をこんな袋を引き裂くために使ったことに思うところがないではないが、背に腹は代えられない。

サタンは袋の中から白い粒を取り出し、試しに齧《かじ》ってみる。

「ふむ……やはり、固いな、乾いている。このままこれを口に入れるのは、あまり愉快な作業ではなさそうだ」

「これでは搗《つ》いて捏《こ》ねるなど不可能ですね」

「いや待て。もしかして、これをさらに砕いて粉にするのではないか!?」

「ああ、中央や西や北であった『パン』の作り方ですね」

「うむ。粉にして、水と混ぜて、成形して焼くのだ。そうだ、さっき焼くものもあると言っていただろう」

「確かに！　では早速砕きましょう、砕き……くだ……どうやって、砕きましょう」

「それは、あれだ、あの、あの銀色のところにこのコメを広げて、この箱の内側の鉄の器で……」

「魔王様、落ち着いてください。さすがにそれは」

「だな、そうだな。すまない少し、いや、かなり取り乱した」

「やむを得ません。この異世界は我々の想像もつかないことばかりです。何か、もっと簡単に、このコメを食べる方法があるはずです。そういえば魔王様」

「うん？」

「病院という場所では人間の食事が出たのでしょう？　これに類するものは、何かありませんでしたか」

サタンの入院の原因は食事をとらなかったが故の栄養失調だった。

ということは、治療には食事が重要だったはずで、主食というからにはその病院での食事の中に、このコメを使った何かがあっても不思議ではない。

「ううむ……これに類するものか、こんな固いものは無かったな。どれもこれも柔らかくて、味がしないものばかりだった……というか」

「はい？」

「お前はどうしていたんだ。この三日間」

サタンが栄養失調を起こしたなら、アルシエルがそうなっても不思議ではない。

まして病院の食事をとれたサタンと違い、アルシエルはずっとこの部屋にいたのだ。

アルシエルも人間の体になってしまった以上、飲まず食わずのはずがない。

「はい、それなのですが、これをご覧ください、魔王様」

「うん？」

アルシエルは、銀色の金属に覆われた場所にある細長い管の前に立った。

そしてその管の上にあるつまみを捻《ひね》ってみせる。

「な、なんだとっ!?」

サタンの驚愕《きょうがく》の声に、アルシエルは頷《うなず》く。

「そうなのです魔王様！　この世界には、家々の全てに、井戸水が引かれているのです！　ご覧くださいこの透明な流れを‼」

「信じられん‼」

水道、というものの存在は知っていた。

この世界に来てから幾度となく目にしていたし、実際に使いもした。

だがサタンが使った水道は、全て公共の場所にあるものか、病院のものばかりだった。

病院は人間の世界でも限られた者だけが入れる高度医療施設だし、井戸が公共のものであることはエンテ・イスラの人間世界では常識的なことだった。

だが、今いる建物は、この世界の基準で言えば決して上等な建物ではないはずだ。

それなのに、透明で綺麗《きれい》な水が室内に引かれているとは。

「固有の水道というのは、人間の世界ではよほど身分のあるものの邸宅にしかないと思っていたのだが」

「このニホンでは違うようなのです。これは大家にも確認しました。この国は信じ難《がた》いほどに水資源が豊富なのです。排泄《はいせつ》物の清掃すら、水を流して行うのですから」

「それは、病院でも経験した。エンテ・イスラで調べた人間の生態とあまりに乖離《かいり》していて、驚いたものだ──

「この管から出てくる水は、人間が直接飲んで問題ないのだそうです。なので」

アルシエルは、きっぱりと言った。

「この三日間、私は水を飲んで過ごしていました！」

「早くこのコメを食う方法を見つけよう！　お前が死んでしまうぞ‼」

サタンは久方ぶりに慌てふためき、再びコメと睨《にら》めっこを開始する。

まさかアルシエルがそんな極限状態で自分を待っていたとは思いもよらなかった。

栄養失調はもちろん、人間になって経験する『空腹』の苦しさは、想像を絶した。

倒れてしまったふがいない主の帰りを、水だけを口にして耐え忍んで待っていた忠臣を、こんなことで失う訳には絶対にいかないのだ。

孤独の身から魔界を統《す》べる王にまで上り詰めたサタンは、持てる全ての知識と頭脳を総動員して目の前のものを注視する。

「取り調べ室……」

「魔王様？」

「いや……あの、この国の警吏の男の思考を覗《のぞ》いたとき、何か、これに似たものを見たような気がする」

「警吏も食事はするでしょうし、その記憶でしょうか」

「かもしれん。が、なぜかあの取り調べ室とやらとイメージが繋《つな》がっているのだ……こう、何か、このコメの上に、別の食べ物を載せて、それを罪人に食べさせるような、そんな、イメージが」

「罪人に？」

「なんだ、この言葉は、か、カツ？　カツ……ど、カツ……ド……うーん、分からん」

サタンは落胆するが、アルシエルはなんとかそこから情報を拾い上げようとする。

「罪人にも食べさせるということは、そこまで複雑な調理過程は必要としないのでは？」

「そうだな。病院での食事も少し思い出してみようか……うーん、白い粒……白い粒……あれは、少し似ているな」

「何かあったのですか」

「病院の食事の中に、味の無い白い汁のようなものがあったのだ。このコメに似た白い粒が沢山浮かんでいて……」

「白い、汁………魔王様！　それです！　それですよ!!」

「どうしたアルシエル！」

「水です！　このコメは、水で柔らかくして食べるのです！　今仰《おつしや》っていたものと極めて似たものが、東大陸にはありました！」

「なるほど!!　そういうことか!!」

サタンも手を打つ。

「固いものも、水に入れればふやけて軟らかくなるのと同じだな！　おい、これが使えるんじゃないか！　この鉄の器にコメを入れるんだ！」

「はい！　どれくらいにしましょう」

「うむ、これが我ら二人で一ヶ月食えるとなると、一度に沢山入れる必要は無さそうだ。最初の実験でもあるし、一握りずつでいいのではないか？」

「なるほど、そうですね」

「……ん？　これは。文字があるな」

そのときサタンは箱の中にある鉄の器の内側に、何か刻まれていることに気づいた。

「やったぞアルシエル！　ここには『水』と書いてある！　この刻まれた線に水面を合わせて入れれば良いのだ！」

「分かってしまえば簡単なものですね！　では早速、一握りずつこの器にコメを注いで……」

アルシエルは鉄の器にさらさらと小気味良い音を立ててコメを入れる。

「この線に数字の『2』と書いてある。二握り入れたから、ここに水面を合わせてみろ」

「お任せください！　ええと……」

さすが水だけで三日間過ごしていただけあって、アルシエルはこの水道の使い方を心得ていた。

鉄の器の中のコメと水が混ざり合い、やや白く濁った水面が、2の線のところに達する。

「よし、これで準備ができたわけだ。うむ、この白くなった水にコメが浮いている様子は、病院で見たものと似ている気がする！」

「あとは、軟らかくなるのを待てばいいわけですね！」

「初めての作業を手探りでというのは、なかなかに骨が折れるものだな」

「ですが、これも生き延びるためです。まずは、最初の晩餐《ばんさん》ができることを喜ぼうじゃありませんか」

　サタンとアルシエルは喜び勇んでコメと水を入れた鉄の器を凝視する。

「そろそろ軟らかくなったころかな」

「心なしか、最初より粒が膨らんでいるように見えますね。どれ」

　アルシエルは、指先で膨らんだコメを一粒つまんでみるが、その表情はみるみる曇っていった。

「駄目なのか？」

「大きさは確かに変わっていますが、固いままです。表面にかすかにぬめりのようなものがありますから、変化は起こっているとは思うのですが」

「思ったより時間がかかるのかもしれんな。少し待ってみるか」

「そうですね」

　時間にしてわずか百秒程度では変化が起きないのかもしれない。

サタンとアルシエルは、待った。

真昼の陽光が傾き、空が茜色《あかねいろ》に染まるまで、待った。

待った。

ひたすら待った。

「か、変わらんな」

「そんなばかな……一体これはどういう……」

コメは水を吸って膨らんでこそいるが、いっかな軟らかくはならない。

少なくとも、サタンが病院で口にしたものとは、全く似て非なる状態だ。

「今更だが、水につけるだけでは駄目なのではないか？」

「私も、そう思っておりました。ですが、そうするとあと考えられるのは、加熱することくらいしか思い当たらないのです」

「同感だ。問題は……」

「ええ、どうやって加熱するか、です」

この部屋には、竈《かまど》が無い。

竈《かまど》以前に、人間が火を熾《おこ》せそうな道具も設備も無い。

「魔力の炎を使うか」

「お待ちください。この世界には魔力が無いのですよ。その上竈《かまど》が無いとなれば、私達には想像もつかない不思議なやり方で加熱処理をする手段があるはずです」

「うむ……しかし火か。また、どこかを動かせば、火を熾《おこ》せるような道具が現れたりするのだろうか」

水がそうであったように、火も何か特別な道具を使って熾《おこ》せるのかもしれない。

だが、それらしいものはついに見つからなかった。

一つだけ有力そうなのは室内に眩《まばゆ》い照明を灯《とも》すためのボタンだが、肝心の照明がそもそも火を灯《とも》すものではないため、関係がないと判断した。

サタンとアルシエルは知る由も無いことだったが、ヴィラ・ローザ笹塚《ささづか》の台所は、入居者がガスコンロを持ち込む仕様であった。

そのため、管が封印されているガスの元栓が家庭内の火元になることなど想像もできなかったし、この時点ではむしろ想像できなかったことが、防火的な意味で幸いしたと言える。

このとき二人の脳裏には、何かレバーやスイッチを押せば室内のどこかから、蛇口から流れ出る水のように火が吹き出すような、そんな危険極まる仕掛けが想像されていた。

もしガスコンロが最初から設置されている部屋だったら、炊飯器の内釜を直接火にかけていたとしても不思議ではない心理状態だったのだ。

「折角途中まで順調だったのに……」

「いや待て、一つ調べていないものがあるぞ。この鉄の器が入っていた、箱だ──

「箱ですか？」

「器を守る包装にしては頑丈すぎる。この箱、この国特有の不思議な技術で運用する……いわゆる『機械』というものではあるまいか？」

「なるほど……その可能性はありますね」

二人が様々な角度から鉄の器が入っていた箱を矯《た》めつ眇《すが》めつすると、黒い尾の他にも、思いのほか稼働《かどう》部分が多いことが分かった。

「この、丸く囲われている部分は、指で押すと何か奥でカチカチと動きます」

「やはりな。これはただの箱ではない、機械なのだ。恐らくあの鉄の器は、この箱と合わせて使うものだったのだ……む、ここにも何か文字が……む!!」

「どうされましたか⁉」

「見ろアルシエル、この、押せる場所のうちの橙色《だいだいいろ》のところの、ここにある文字が見えるか!!」

「この、二つの文字ですか⁉　なんと書いてあるのですか！」

「こちらの文字は『炊く』という字だ。そしてこちらは『飯』、メシとは、つまり、食べるものだ。信じられんぞアルシエル、これは調理器具なのだ！」

「どういうことなのですか！」

「『飯を炊く』ということだ。あの鉄の器に『飯』を入れてこの部分を押すと……『炊く』のだ、この機械が、『飯』をな！　そして大家がコメと一緒にこの機械を置いていった。つまり

『飯』とは『コメ』のことなのだ！」

「な、なるほど！」

「早く！　鉄の器をこれに！」

「はっ!!」

アルシエルはたっぷり水を吸ってしまったコメの入った鉄の器を、箱の内部に収める。

「蓋がぴったり閉まりましたね……！」

「そうして、これを押せば……」

指先に小さくかちっと手応えが伝わってくる。

だが、箱はなんの反応も示さない。

「これで、大丈夫なのでしょうか」

「いや、そんなはずはない。きっと、まだ何かが足りないのだ。炊くというからには、やはり加熱処理をするという予想は正しいのだと思う。だが、まだ何かやっていないことがある。だから、加熱が始まらないのだ。何が……一体何が足りないと……」

「ま、魔王様！　あれをご覧ください！」

「どうした！」

「あそこ、あの壁の穴が」

「壁の穴だと？　今はそんなこと……」

「同じなのです！　この、この箱にある尾の先端、まるで我々鉄蠍族《てつかつぞく》の尾のようなこの黒い尾の先端と、あの穴の形状、大きさが、一致するような気がするのです」

「なんだと……⁉」

「失礼いたします。私の予想が正しければ、こ、これをここに……」

アルシエルは恐る恐る、箱の尾の先端の二股に別れた金属部分を、壁の穴に差し込んだ。

「は、嵌《はま》った……」

「うおっ‼」

その瞬間、サタンの抱えた箱の表面の一部が光りはじめたではないか。

「でかしたぞアルシエル！　間違いない、その壁の穴はこの箱にエネルギーを供給する大元なのだ！　今、この箱、いや、飯を炊く機械に命が宿ったのだ」

「と、いうことは……」

サタンは、ごくりと喉を鳴らして、蓋を閉じ、改めて『炊飯』を指先で押した。

「う、お」

その瞬間、

「つ、遂《つい》に……！」

サタンの抱えた箱が、低く長い唸《うな》りを上げはじめたのだ。

「や、やったのか⁉」

興奮で声が高くなるアルシエル。

サタンは大きく頷《うなず》いた。

「箱が、箱が熱を持ちはじめた！　成功だ、成功だぞアルシエル！」

サタンは箱を恐る恐る手放して、植物を編んだマットの上に置く。

「おお……蒸気が……！」

これまでに無い事態につい息を呑《の》んで時間を忘れた二人の目の前で、箱が蒸気を吹き上げはじめた。

水が過熱されている証拠だ。

「こ、この加熱はいつまで続くのでしょうか」

「推測でしかないが、蓋の上部で光っている板に、数字が浮かび上がっているだろう。それが、先ほどから時間が経過するごとに減っている。恐らく、それがゼロになったときに」

「完成、ということですか」

「恐らく」

二人とも、それ以上微動だにできなかった。

時間が経《た》つごとに吹き上げる蒸気が増えていき、やがて不思議な匂いが……いや、臭いが立ち込めてくる。

「妙な臭いがするな。もやっとするような」

「これが、コメの臭いなのでしょうか」

「病院で食べたものとは、大分違う気がするが……」

「あっ……蒸気が……！」

そのとき、急激に蒸気が細くなりはじめ、そして、

「おっ」

「うわっ」

箱が、甲高い音を断続的に上げた。

二人は一瞬身を震わせて固くなる。

果たしてその音は、サタンの言っていた数字がゼロになった瞬間に鳴ったのであった。

「「……」」

二人は顔を見合わせて、蒸気を細々と上げる箱に近づく。

ここまで散々回り道をした二人は、軽々しく完成したのかとは言わなかった。

恐る恐る手を伸ばし、蓋を開ける。

その瞬間、室内に饐《す》えた臭いを纏《まと》った蒸気が一気に広がる。

「う」

「んむ」

あまり良い香りとは言えず、二人は思わず顔を背けた。

同時に箱の中からは、びちゃ、ぐちゃ、という妙に粘り気のある音が連続して鳴る。

箱から湧き上がる蒸気がひと段落したのを見計らって、二人は中を覗《のぞ》き込《こ》む。

「相当の熱量で加熱されたようだな」

「ですね……ですが、かなり軟らかくなってはいるようですよ」

見た目に、明らかにコメの様子が変わっていた。

表面に微妙なツヤを纏《まと》い、しんなりと歪《ゆが》んでいる。

ところによってはぼろぼろと崩れている様子もあるが、明らかに最初の固い状態からは変化していた。

「これなら、なんとか食えそうだな」

「そうですね……で」

「ああ」

二人は、未《いま》だに湯気を上げ続ける饐《す》えた臭いのコメを見下ろし、呟《つぶや》く。

「「どうやって食べるんだ？」」

「……おい、アルシエル、これ、早まったんじゃないか」

「そ、そうですね」

人間が食器を使って食事をとることくらいは二人とも知っていた。

皿に載せるのはもちろん、箸やナイフやフォーク、スプーンなど、摂食補助器具なども用いるはずだ。

人間の柔らかな肌でこの熱されて粘るコメの中に手を突っ込めばどんなことになるか、さすがに二人にも想像がついた。

「こ、ここまで熱くなるとは予想外だった。病院で食べたのは、せいぜい少し温かい程度だったからな」

「いかがいたしましょうか。魔王様の『お金』はまだ少し余っていましたよね。食器を贖《あがな》ってきますか」

「そうしよう。ここで火傷《やけど》なんぞした日には、また大家の世話になることになってしまう。全く、人間というのはなんと不便な！」

折角コメが調理できたというのに、こんな形でお預けを食《く》らうとは思わなかった。

水だけのアルシエルに外で倒れられてはかなわないので、一応は病院で療養したサタンが外に出て、最低限の食器を購入してくることで話がまとまる。

「いいか、今この箱の『保温』という場所が光っている。恐らく、温度を保ったまま保存ができるのだ。なるべく早く帰ってくるから、早まったことは絶対にするな」

「承知いたしました……お早いお戻りを」

単なる挨拶にも聞こえたが、アルシエルの腹具合がもう限界に近いことはその言葉からよく分かった。

サタンは夕方近い町に飛び出し、コメを食うのに必要な食器を手に入れる冒険へと第一歩を踏み出した。


「遅くなってすまん！」

空には、もう月が昇っていた。

「い、いえ、大丈夫です」

震える声と共に、何かを絞り上げる音がサタンを迎えた。

それが空腹から来る音だと、サタンは経験で知っていた。

「食器を贖《あがな》える商店を探すのに手間取ってしまった。この国の警吏は全く役に立たん‼」

サタンは憤慨するが、未《いま》だ定まらない日本語で、

「コメ食べるもの、探してます」

と尋ねて望む答えが返ってくる方がおかしい。

二度ほど食堂に案内されてしまい、散々覚えたての言葉を弄した挙句に辿《たど》り着いたのが『ヒヤッキン』という店だった。

「皿と、匙《さじ》と、これはシャモジという、コメを掬《すく》う専用の道具だそうだ！　大した金を使わずに手に入れることができた！」

「よ、ようございました。これで、魔王軍は、延命できま……」

「しゃべるな！　今コメを食わせてやる！」

サタンは箱の蓋を開け、コメの中に買ってきたばかりのシャモジを突き立てる。

「うむ！　やはり軟らかくなっている！　我々がしてきたことは正しかった！　無駄ではなかったのだ!!　アルシエル、これが匙《さじ》だ、さあ、食うんだ！」

「お、恐れ入ります……魔王様も、お早く」

「ああ」

サタンも皿にコメを盛り、匙《さじ》を手にして白いコメの山に突き立てる。

「「いざ！」」

湯気を上げるコメを掬《すく》い上げて、サタンとアルシエルは、それを口に入れた。

そして。

「…………………」

「…………………」

もそもそと、しばらく口を動かして、

「……んぐ」

「……うんむ」

なんとか、口の中にあるものを呑《の》み込んだ。

「……魔王様」

「……ああ」

記念すべき一口目のコメを呑《の》み込んだ二人は、顔と声を合わせた。

「「何かが間違っている」」

確かに嚙《か》んで嚥下《えんか》できるような軟らかさにはなっている。

だが、この臭いはどうだろう。

喉の奥と鼻の付け根に来る、もやもやとしたえぐみとも言える臭いと湿った灰を舐《な》めたような、薄い異質な酸味。

初めて口にする食べ物だが、いくらなんでもこんな不快感を催す臭いと風味を発するものが、国民の主食になるはずがない。

味や臭いもさることながら、一粒一粒が妙に乾いてボソボソとしており、舌にざらざらとした感触が残って、何から何まで食べ物として不適格な代物としか思えなかった。

それにサタンは、このコメを調理したと思われるものを一度口にしているのである。

あのどろどろとしたものは、こんな奇妙な臭いや味はしなかった。

病院で食べたものは形状こそ不安定ではあったがボソボソとはせず、溶けて芯までなめらかな軟らかさと微《かす》かな甘さを感じた。

我慢してもう一口含んだものの、一口目よりも呑《の》み込むのに苦労してしまい、二人はあれほど熱望した炊いたコメを載せた皿を、床のマットに置いてしまった。

「何がいけなかったんだ」

「必要な過程を飛ばしたか、順序を誤ったと思われます。ですがそれがどこかまでは……」

「しかしこの臭いは耐え難《がた》いぞ。これ、全部食べるのか」

「捨てるというわけにもいかないでしょう。今の我々には食べ物を手に入れる手段がありません。コメがこの国でどれほどの価値があるかは分かりませんが、今魔王様がお持ちのお金は一切無駄にできませんし」

「ううん、それは……そうなんだが……どうだ、水で洗ってみるか？」

「洗うのですか？」

「コメ自体も、なんかこう口にまとわりつく妙な感じがするのだ。もしかしたら加熱して終わりではなく、さらに次の工程があるのではないかと思ってな。さっきも言った通り、病院で食べたものはこれほど熱くないし、もっと水っぽかったのだ」

「なるほど……では、少し試してみましょう」

アルシエルは皿を水道の下に持っていき、軽く水を流す。

「くっ……この平たい皿では、上手《うま》く洗えませんね、流れていってしまう」

苦労しながらなんとなくコメ全体を水で流して、手で直接触っても全く温度を感じない程度になった頃、水を止めて、また一口食べてみる。

「どうだ」

「……その、最初よりは幾分マシになっていますが……」

言いにくそうにするアルシエルの皿から、サタンは一口失敬して口に入れる。

「………ああ、なるほど」

アルシエルの言いにくそうな様子の意味が分かった。

「臭いやぬめりは弱くなったが……バサバサ感が酷《ひど》くなったな」

「食べられなくはない、という感じですが、これが主食、というのはやはり……」

追加の工程がある、という考えが間違っていたのだろうか。

二人はしばしそのまま、水で冷たくなってしまったバサバサのコメを掬《すく》って食べていたが、あるときふと、サタンが気づく。

「そうだ。『研ぐ』はどうした、『研ぐ』は」

「あ」

アルシエルも思い出す。

「そういえば、よく研ぐようにと言われていたのでした……これはやはり、どこかでやるべきことを飛ばしてしまったようですね」

「やむを得ん。これも、捨てるわけにはいかないからこのまま食おう。そして、今回の過程を一度洗い出し、改善できる点が無いかどうか考え直そう」

「仰《おお》せのままに。最初だからと、少ない量で実験したのは幸いでした。これは……なんとか洗って食べましょう……」

「平たい皿だと洗い辛《づら》いから、少し深さのある器も必要だな。ヒャッキンは金がごくわずかしか必要でない場所なのだ。もう一つくらい皿を買っても問題はあるまい」

「いえ、器を新たに手に入れるより、丸ごと全て洗ってしまいませんか、この鉄の器ごと」

「これごとか、なるほどな。かなり深いし、水も沢山入りそうだ。しかし熱いぞ、どうやって持ち上げる」

「マントの裾を使いましょう。これなら熱が伝わりにくいです」

悪魔大元帥《だいげんすい》の纏《まと》うマントの裾越しに、アルシエルは鉄の器を加熱する箱の中から持ち上げる。

「あつ、あつ」

それでもなんとなく熱い気がして急いで水が出る管の下に持っていく。

「これで丸ごと洗ってしまえばいいのだな」

「その通りですね。少しずつ水を出して、このコメにまとわりついている臭いやぬめりを落とせば、なんとか丸ごと全部捨てるようなことにはならずに済みます」

とはいえ、深ければそれだけで解決というわけではなかった。

器の底にべっちゃりとへばついたコメの隙間に水が染《し》み渡《わた》らず、混ぜて洗おうと思えば浮き上がってきて、水を流して捨てようと思えばコメごと流れそうになる。

サタンとアルシエルは四苦八苦し、結局炊いたコメの半分近くを無駄にしながらも、水でコメを洗いきった。

そして文字通りの冷や飯を惨《みじ》めな思いで口にしながら、ふと、唐突にあることに気づいた。

「べたべたの状態で洗えないのなら」

「固いときに洗えば良いのでは……」

匙《さじ》を口に入れたまましばし固まった二人は、顔を見合わせ同時に叫んだ。

「「それだっ!!!!」」

※

蒸らしの時間が終わり、開かれた炊飯ジャーの中では、ふつふつと湯気の中で香り立つ特選米きぬのさやが光り輝いていた。

大家にもらって一年半。

この炊飯ジャーは今日も変わらず魔王城に炊きたての米を出現させる。

芦屋《あしや》は軽く中身を掻《か》き混《ま》ぜてから、茶碗《ちゃわん》に白米をよそい、帰宅した真奥《まおう》に差し出す。

「魔王様、どうぞ」

「お、さんきゅ」

真奥《まおう》はそれを受け取ってから、

「まぁそんな感じでさ、最終的にまともな米を炊けたの、四回目くらいだったよな」

「そうですね。どれほど研げばいいのか分からず、二度目、三度目もなかなか糠臭《ぬかくさ》い、不味《まず》い米になりました」

芦屋《あしや》は苦笑する。

「そんな苦労があったんですね」

芦屋《あしや》から、魔王と悪魔大元帥《だいげんすい》、初めての炊飯について聞かされた千穂《ちほ》は思わず唸《うな》る。

「確かに何も知らない状態でお米と炊飯器を使えって言われも、難しいかもしれませんね」

「ええー？　そうかなぁ。真奥《まおう》、字は読めたんでしょ？　ならなんとかならないもんかなあ」

「真奥《まおう》さんが最初に接した警察官の人があんまり家でそういうことやる人じゃなかったんじゃありませんか？」

「我々は不審者でしたから、その警官の頭の中が仕事モードだったのかも知れません」

「ああ………まぁ、そうだな、うん」

「魔王様？」

「真奥《まおう》さん？」

「ああ、いや、なんでもない。でも、その、その警官の人には、巡り巡って滅茶苦茶《めちゃくちゃ》感謝してんだぜ、俺、うん」

突然歯切れが悪くなった真奥《まおう》を見て、芦屋《あしや》と千穂《ちほ》は首を傾《かし》げる。

芦屋《あしや》も千穂《ちほ》も、真奥《まおう》が思考を読んだ、最初に接した日本人警官が、千穂《ちほ》の父、佐々木千一《ささきせんいち》であることを知らない。

やむを得ないこととはいえ、日本に来たばかりの真奥《まおう》は佐々木千一《ささきせんいち》から一万円という大金を窃盗しており、直接返却するのは不可能にしても、なんらかの形で償いをしなければならないと思っているのだ。

芦屋《あしや》はそんな主の逡巡《しゅんじゅん》など知らず、冷蔵庫から予《あらかじ》め整えておいた大皿のジャコとトマトのサラダを取り出し、人数分の取り皿を配る。

今日の二〇一号室に集まる人数は五人。

最後の一人の鈴乃《すずの》が大きな鍋を持って入ってきた。

「すまないな、待たせた」

大人五人で食べるのに十分な量の豚汁が入った鍋がコンロに置かれ、それぞれの器に人参《にんじん》、ジャガイモ、豚肉、玉ねぎがたっぷり入った豚汁が注がれる。

「バターの香りがするな」

「最近ハマってしまってな。今日もそうしようとしたんだが、丁度切らしていて、コンビニに買いに行っていたんだ」

「バターならうちに備蓄があったのだぞ。言えば貸してやったものを」

芦屋《あしや》が冷蔵庫を目でさすが、

「ついでもあったし、エミリアやアラス・ラムスが来るときにも作ってやりたかったからな」

「豚汁って味噌汁《みそしる》扱いされること多いですけど、おかずとしても完成されてますよねー。美味《おい》しい豚汁あると、それだけでご飯いっぱいおかわりできちゃう」

「佐々木千穂《ささきちほ》、たまにおっさん臭いこと言うよな。このはさみ揚げ、このまま食べられるの？」

「漆原《うるしはら》！　いただきますがまだだろう‼」

千穂《ちほ》が持ってきたレンコンのはさみ揚げを勝手につまもうとする漆原《うるしはら》に、芦屋《あしや》の容赦ない叱責が飛んだ。

「僕は幼児か！」

「似たようなものだな」

「おいベル！」

「さて、いただきます」

「いただきます」

「いただきます」

「もお！　ったく……っきます」

真奥《まおう》と芦屋《あしや》は、最初に米に手をつけ、一箸頬張る。

立った粒となめらかな舌触り、そして奥深い甘さが、おかずを受け入れるための準備をさせるが如《ごと》く口いっぱいに広がる。

「美味《おい》しいですね！」

千穂《ちほ》もそのきぬのさやの味に微笑《ほほえ》み、ついで取り皿にジャコとトマトのサラダを取り分ける。

「すまないな、千穂《ちほ》殿」

「いいえー」

サラダと、レンコンのはさみ揚げと、豚汁と、その全てを繋《つな》ぐ白米を早くも一膳平らげた真《ま》奥《おう》は、芦屋《あしや》にお代わりを頼む。

「どれくらい盛りますか」

「今日はもう昼がやべぇくらい混んで疲れたから、大盛りで頼む」

「ほどほどにしておきますね」

「おいおい」

本当にほどほどの盛りで返してきた芦屋《あしや》に苦笑してから、真奥《まおう》は残った豚汁と米を交互に食べ進める。

二杯目の米もあっという間に平らげた真奥《まおう》は、大きくため息《いき》をついた。

「あ〜、日本人で良かった」

「ですね」

芦屋《あしや》もそれに同意し、千穂《ちほ》と鈴乃《すずの》と漆原《うるしはら》は、この部屋に集まる者しか分からない複雑なおかしさに苦笑するのだった。

堕天使、芋を齧る

喫茶店を出た漆原《うるしはら》の顔を、冷えきった外気がなでていく。

「ま、なるようにしかならないんだからさ、お前もあんま思いつめない方がいいよ」

「思いつめたりしませんよ……ただ、考えちゃうだけです」

一緒に店を出た佐々木千穂《ささきちほ》は、不機嫌そうに首を横に振る。

「それを思いつめてるって言うんだよ。為《な》せば成る為《な》せば成る。行く末は神のみぞ知るさ。真《ま》奥《おう》の正社員研修の合否も含めてね」

「今回のことで神のみぞとか、冗談に聞こえません。それじゃあまた！　ちゃんと真《ま》っ直《す》ぐアパートに帰ってくださいね！」

千穂《ちほ》は頬を膨らませながら、人ごみの中を去っていってしまう。

「だから僕は子供じゃないってのに……まぁ、ごちそうさん」

クリスマスも迫る十二月も半ば。

私用で外出するという驚天動地の偉業を成し遂げた漆原《うるしはら》は、街中で下校途中の千穂《ちほ》と偶然出くわした。

千穂《ちほ》は外出する漆原《うるしはら》のことを凶悪犯かゾンビかのように好き勝手言ってくれたものだ。

漆原《うるしはら》は、これから先に真《ま》奥《おう》達に待ち受けているかもしれない苦難に対する、千穂《ちほ》の吐露を聞いていた。

恵美《えみ》の母ライラが、エンテ・イスラで真《ま》奥《おう》と恵美《えみ》にやらせたいことと、日本でこれから真《ま》奥《おう》が向かい合う試練とは、並び立たない。

千穂《ちほ》はそう考えているし、漆原《うるしはら》もその意見には賛成できる。

とはいえ、千穂《ちほ》と漆原《うるしはら》がそれを話し合ったところで解決策が見えないことに変わりはない。

ライラの願うエンテ・イスラ人類の救済と、真奥《まおう》が目指すマグロナルド正社員登用試験合格。

傍目《はため》には比べるのも馬鹿馬鹿しいほど軽重が一目瞭然の二つの事柄だが、千穂《ちほ》も漆原《うるしはら》も、この二つが並び立ってしまうことをよく分かっていた。

だから漆原《うるしはら》は特に千穂《ちほ》にとって有益な返事をするつもりもしたつもりも無かったが、去っていく千穂《ちほ》は、普段通りの強気な様子を少しは取り戻したのではないかと思う。

「ったくみんな、よくもまぁ先々のこと考えていちいち不安がるよなぁ。そのときになって考えりゃいいのに」

千穂《ちほ》の悩みなど、結局は真奥《まおう》や恵美《えみ》に遠くに行ってほしくない、その一点に集約されるのだ。

漆原《うるしはら》に言わせれば、それだけのことでよくもまぁあそこまでうじうじと悩んでクダを巻けるものだと思う。

「なるようにしかならないんだって、何事も」

漆原《うるしはら》は白い息を吐きながら、ゆっくりとヴィラ・ローザ笹塚《ささづか》に向かって歩を進める。

だが、いくらも歩かないうちに、ふと顔を顰《しか》めて周囲を見回した。

「……トイレ行きたい」

話をするついでに千穂《ちほ》に高いコーヒーをおごらせたのだが、どうもそれが良くなかったらしい。

飲みつけてないものを飲んで、トイレが近くなってしまったようだ。

「ついでに腹減ってきたな。くそ。折角おごらせたんだから、なんか軽食でも注文すりゃ良かった」

しゃあしゃあとそう言い放ってから、漆原《うるしはら》は笹塚《ささづか》の駅前で立ち止まる。

「……このまま佐々木千穂《ささきちほ》の言う通り、真《ま》っ直《す》ぐ家に帰るのもなんか嫌だな」

漆原《うるしはら》の目線の先にあるのは、笹塚駅《ささづかえき》の高架下のモールにあるファストフード店コッテリア笹塚駅《ささづかえき》前店であった。

マグロナルドと同じくハンバーガーをメインとしたファストフード店であり、高架下モールという立地も手伝って、いつも多くの客でにぎわっていた。

「……たまにはいいか。夕食まで時間あるし、真《ま》っ直《す》ぐ帰るのも癪《しゃく》だし」

一体何と張り合っているのか分からないが、意外と千穂《ちほ》の言ったことを気にしている漆原《うるしはら》は、小腹を満たすためコッテリアに一人入る。

「いらっしゃいませー、お決まりでしたらどうぞー！」

「……どこも似たような感じなんだな」

カウンターの中から、若い女性スタッフが元気良く漆原《うるしはら》に声をかけてきた。

それがなんとなく千穂《ちほ》の姿と重なり、漆原《うるしはら》は顔を顰《しか》めた。

「えー、これのセットでこれとこれ」

漆原《うるしはら》はカウンター上のメニューを指さすと、若い女性スタッフは大きな声で復唱する。

「はい、チーズバーガーとコーラ、ブンブンポテトのセットですね」

ポテトだけ妙な名前だ、と思う間も無く、スタッフは漆原《うるしはら》に問いかけてきた。

「ポテトの味は、どうされますか？」

「は？」

何を問われているか分からず漆原《うるしはら》が眉を顰《しか》めると、女性スタッフはメニュー表のポテトのところを指さした。

「ブンブンポテトは、お好きな味を選んでいただけます。只今《ただいま》こちらのレギュラーメニューに加え、フェアでこちらもございます」

「ええ、何それ……なんでもいいや、じゃあフェアのこれで」

漆原《うるしはら》は別に人見知りをするタイプではないが、とはいえ積極的に店員と話をしたいわけではないため、つい返事がぞんざいになる。

だがスタッフは特に気分を害した様子も無く、漆原《うるしはら》の適当な注文を淡々と処理した。

「こちらの番号札をお持ちになって、お席でお待ちください。出来上がり次第、お届けに上がります」

「……え？　あ、はぁ、どうも」

漆原《うるしはら》の家主である真奥《まおう》や先ほど別れた千穂《ちほ》がアルバイトするマグロナルドでは、レジを離れるときは原則全ての商品を渡された状態である。

番号札を渡されるのは調理の都合で即時提供できないものが後追いで来る場合だけだと思っていたので、システムの思わぬ違いに、漆原《うるしはら》は手渡された番号札を見て少しだけ戸惑う。

「あ、でも都合いいや」

漆原《うるしはら》は手近なテーブルに番号札を置くと、トイレに行きたかったことを思い出し店の手洗いに向かった。

荷物らしい荷物は買い物袋しか持っていなかったが、番号札があれば席をキープしておける。

綺麗《きれい》に清掃されたトイレで用を済ませてから席に戻ると、丁度のタイミングで先ほどの女性スタッフがトレーで漆原《うるしはら》が注文した一式を持ってやってきた。

「お待たせいたしました。ごゆっくりどうぞ」

漆原《うるしはら》は暖かい店内とソファの感触に一息つくと、被《かぶ》っていた帽子を脱いでトレーの上に目を落とし、またも見慣れないものを見つけた。

「……何これ」

バーガーの包みと、紙コップのコーラは分かる。

問題は、トレーの中で一番大きなスペースを取っている紙袋だ。

「え？　僕こんな大きなサイズ注文したっけ」

　この袋いっぱいにポテトが入っているとしたら、とんでもない量になる。

　慌ててレシートを確認するが、そこには『セットポテト　M』の表示があり、特段お金を多く取られているわけでもない。

　袋を開いてみると、紙袋の大きさの割に内容量はさほどでもなかった。

　容器が違うだけで、見た目も匂いもマグロナルドのポテトと変わったところは無さそうだが、食べきれなかった人が持ち帰るためにこんな紙袋にしているのだろうか。

「そういえば、味がどうこうとか言ってたけど……ん？」

　そこでようやく漆原《うるしはら》は気づいた。

　トレーの上に、銀色の小さなパックがある。

　その表の印刷は、先ほど漆原《うるしはら》が適当に注文したものと同じだった。

　つまみ上げてみると、どうやら粉末が入っている手応え。

「……ああ、そういうこと」

　ようやく漆原《うるしはら》は、コッテリアのこの『ブンブンポテト』の商品名の意味と紙袋の理由に気づく。

　だがそれ以上に、漆原《うるしはら》の意識を引くものがあった。

　それは、他ならぬ『ポテトの味』だ。

「なんでうっかりこれにしちゃったかなー。変えてもらうことってできるのかなー」

銀色のパックの表面には『ブラックペッパー味』と書かれていたのだった。

漆原《うるしはら》にとって、あまり良い思い出の無い味だった。

漆原《うるしはら》がこんな暮らしを送るようになった最初期、今年の四月。

飽きるほど、この味を口に入れていたのだ。

※

「なんだよ、これ」

「朝食だ」

ぶっきらぼうで冷たい声は、食卓の上にあるものをさらに冷え込ませるようなものだった。

「朝食って……これ、また？」

「何か異論があるのか」

抗議の意志は、射すくめるような視線を前に急激になえていく。

「いや……うん、その、なんでもない、いただきます」

食べ物を与えられるだけ、マシだと思わねばならない。

今の自分は、そんな状況なのだ。

カジュアルコタツの上の皿にあるのは、しなびた白いポテトの山だった。

「当分、貴様の食事はこれだけだと思え。それだけすら、渡すのも惜しい」

「……」

自分を見下ろすその視線は、かつて共に戦っていた頃よりも尚《なお》厳しく冷たかった。

悪魔大元帥《だいげんすい》アルシエル。

今は、この異世界日本の笹塚《ささづか》という町で、芦屋《あしや》四郎《しろう》と名乗っている。

そして自分は、己の欲望と野望を賭けた戦いを芦屋《あしや》と、彼の主に挑み、敗北したのだ。

堕天使ルシフェルは、異世界日本の社会に溶け込んでいた魔王サタンと勇者エミリアに敗北を喫した。

笹塚《ささづか》の街を破壊し尽くす戦いの果ての敗北。

そのまま殺されても文句は言えなかったが、どういうわけか芦屋《あしや》と、そして自分の元主である魔王サタンは、自分を殺さずに、住まいに置いておく判断を下したのだ。

「なぁ、アルシエル」

「なんだ」

「お前も魔王様も、毎日こんな感じなのか」

「今の我が家は財政危機に見舞われている。魔王様が持ち帰られるポテトが、次の給料日までの我らの命綱だ」

「嘘《うそ》だろ。お前ら本当に人間みたいな生活してるわけ？　魔王様なんか魔力残してたんだから、もっとこう、何かしなかったのかよ」

「それは貴様と同じように人間を害し、財産を奪う、という意味か、ルシフェル」

事実その通りなのだが、ルシフェルは、これまで魔王軍が平然とエンテ・イスラで行ってきたそれらの行動を、アルシエルが批難していることに激しく戸惑った。

「そ、そうだけど……」

そしてアルシエルの答えは、あまりに予想外すぎるものだった。

「そんなことをしてみろ。命がいくつあっても足らん」

「エミリアにビビってんの？」

ルシフェルは、仇敵《きゅうてき》の名を出した。

エンテ・イスラでは魔王軍と敵対していたくせに、なぜかこの異世界では魔王サタンと共闘していた、勇者の名だ。

だがアルシエルは小馬鹿にしたように鼻で笑う。

「エミリアなど恐るるに足らん。というより、エミリアの脅威など、ここ数日新たに発生したものだからな」

「はぁ？」

「世界は広い。貴様も折角拾った命を失いたくなければ、軽率な行動は控えろ。脅威は、常に我々の隣にある」

「意味が分からないんだけど……」

ルシフェルは尚《なお》も言い募ろうとしたが、

「さっさと食え。片付かん」

その氷のような声に言葉を引っ込め、仕方なくもそもそと皿の上のしなびたポテトをつまみはじめた。

「あー……」

悪い意味で馴染んだ、予想を下回る味が口の中に広がる。

冷えきって湿気を帯びたポテトは歯にまとわりつき、時間が経《た》った油が妙な酸味で舌をベタつかせる。

それなのに、このポテトは『ブラックペッパー』というかなり刺激の強い味がついている。しなびて冷えたポテトに、このブラックペッパーがくどいアクセントを加えるのだ。

これで他に食べるものがあればまだマシなのだが、今アルシエルが言った通り、家計が火の車らしく、辛《かろ》うじて夜に具がほとんど無い味噌汁《みそしる》が出るだけ。

こんな食生活が、既に五日も続いているのだ。

もちろん、贅沢《ぜいたく》を言える身でないことは分かっている。

納得はできないが、理屈では理解できる。

だがそれでも。

「飽きた!!」

ルシフェルは吠《ほ》えた。

※

漆原《うるしはら》は、コッテリアの銀のパッケージを眺めながら、ヴィラ・ローザ笹塚《ささづか》二〇一号室に住むことになった頃のことを思い出し、げんなりしていた。

刷り込み、というよりトラウマに近い。

あの当時、真奥《まおう》の勤めるマグロナルドでは、ブラックペッパーポテトなるフェア商品を展開していた。

真奥《まおう》曰《いわ》く、幡ヶ谷《はたがや》駅前店は地区随一の売り上げを叩《たた》き出《だ》していたというが、それならば何故《なぜ》毎日のように余ったポテトを持って帰ってきていたのか。

漆原《うるしはら》は、言うほど売れていなかったのではないかと推測している。

大体にして、大手チェーンの『フェア商品』や『季節商品』は無茶な売り上げノルマを課されることが多い。

日本に住んで一年弱。

滅多に外に出ない漆原《うるしはら》でも、コンビニエンスストアでクリスマスケーキやおせちを積極的に買おうと思う人間が多くないだろうということくらい分かる。

もちろんマグロナルドのブラックペッパーポテトとコンビニのクリスマスケーキではフェアの性質は全く違うが、どちらにしろファストフード界での新しいフレーバーフェアなど、要するに単なるピックアップ販促でしかない。

だからこそ毎日毎日ポテトを持って帰ってきていたのだ。

そんな想像を巡らせながら漆原《うるしはら》は、銀のパッケージを千切る。

「……」

漆原《うるしはら》はシーズニングパウダーを紙袋の中に放り込むと、一度袋の口を閉じ、無造作に振りはじめた。

ブンブンポテトの名の通り、こうやって袋を振ることで、シーズニングパウダーを万遍なくポテト全体に馴染《なじ》ませるのだ。

そうすることで、ポテトを様々な味で食べることができる。

「ああ……でもそういや」

気の無い表情で袋を振りながら、漆原《うるしはら》はまた一つ思い出した。

「これのおかげで、パソコン買ってもらったんだっけ」

※

その日、ルシフェルはアルシエルに引っ立てられて、区立図書館へと足を運んでいた。

温情で生かされている身であるため、命令には従わざるを得ないが、腑《ふ》に落ちないところもあった。

ルシフェルのこれまでの所業はこの国では刑法犯として裁かれる違法行為ばかりだ。

人間と変わらぬ力しか持たぬ現状では官憲の追手を振りきることもできず、従って魔王もアルシエルも、ルシフェルを表に出したがらなかったのだ。

それが、この日に限ってどういう風の吹き回しだろう。

それを尋ねると、アルシエルはこともなげに言う。

「貴様の名で利用者登録をするためだ」

「は？」

「区立図書館では、一人当たりの一回の貸し出し冊数が決まっている。貴様が図書館の利用者カードを作れば、一度に借りられる冊数が増える」

「はあ……」

魔王やアルシエルが人間のルールにいちいち従っていることにはいい加減慣れてきたが、こうして声に出されるとまだげんなりすることが多い。

「でも待てよ、僕の名前って……」

「ああ、そうだ。言い忘れていたが、魔王様が、勿体《もったい》なくも貴様の戸籍を作成してくださった」

「戸籍ってそんな簡単に作れるものなの？」

ルシフェルの疑問は当然の如《ごと》く無視される。

代わりにアルシエルは、大きな紙と小さなカードを手渡してきた。

「うるしはら…… 漆原半蔵《うるしはらはんぞう》。はんぞおお？」

ルシフェルは、そこに書かれた名前にあからさまに顔を顰《しか》める。

「おい、なんだよこの名前！」

「何か不満か」

「不満だよ！　これは言わせてもらうよ！　漆原《うるしはら》はまだ分かるよ。ルシフェルと響き似てるしさ。でもなんだよ『はんぞう』って！」

「貴様は堕天使だろう。半分天使で半分悪魔なら、その名がよかろうと魔王様が仰《おっしゃ》ったのだ」

「せめて本人に意思確認しろよ！」

「何が不満だというのだ」

「どう考えても今どきの若者の名前じゃないだろ！」

「日本全国の半蔵《はんぞう》さんに謝れ。それに貴様は私や魔王様よりも長く生きているのだろう。別に今どきの若者の名である必要はあるまい」

「お前自覚ないだろうけど言ってること結構無茶苦茶だからな⁉」

「まったくやかましいな。とにかく、そっちの住民票と健康保険証があれば、利用者登録は万全だ。利用者カードを作ったら、あとは適当に過ごしていろ。私は少し勉強をしてから、借りる本を探し出す」

「もう……」

ルシフェル改め漆原半蔵《うるしはらはんぞう》は、げんなりしながらアルシエルこと芦屋四郎《あしやしろう》の後に続いて区立図書館へと足を踏み入れる。

「……ふぅん」

渋谷《しぶや》区立笹幡《ささはた》図書館。

芦屋《あしや》が足しげく通う図書館である。

館内は時間帯の問題か人気が少なく、閑散としていた。

カウンターには司書の女性が一人いるきりで、利用者登録も数分で終わってしまう。

「ではな。ぶらぶらと出歩くなよ。隅でじっとしていろ」

「人を埃《ほこり》みたいな言い方するなよ……」

芦屋《あしや》は漆原《うるしはら》の利用者カードをすぐに取り上げると、さっさと奥の書架へと行ってしまう。

「こんなとこで何やってろって……ん？」

当然ながらこれまで図書館などという場所には縁が無かったし、読書の趣味も無いので時間を潰すにも何をしていいのか分からない。

「隅でじっと、ねぇ」

結局それしかすることが無いと判断した漆原《うるしはら》は、隅の書架に移動しようとして、ふとある本棚に目を留《と》めた。

「節約料理……？」

それは、料理関係の本が並ぶ本棚だった。

主婦の節約料理、と題されたその本が、表紙を通路に向ける形で置かれている。

書店で面陳《めんちん》と呼ばれる置き方だが、この場合はマナーの悪い利用者がたまたま適当に置いたのだろう。

装丁や保護テープの様子からも、かなり古い本であることが察せられる。

図書館以上に縁の無い料理の本などに目を留《と》めたのは、たまたまその本の表紙に、フライドポテトの写真が載っていたからだ。

ぱらぱらと開いてみると、問題の写真のポテトは『家庭でもできる、お店のフライドポテト』のサンプルであったらしい。

「……よく分かんないけど、さほど節約って感じじゃないよな」

節約要素があるとすれば、恐らく面取りをして余った部分を刻む、という部分だけだろう。

だが写真の量のフライドポテトを面取りした部分だけで作るには、一体どれほどのジャガイモを面取りしなければならないのか見当もつかなかった。

「何を読んでいるんだ」

するとそこに、何冊も本を抱えた芦屋《あしや》が通りがかった。

「それ全部読むの」

「さっと目を通すだけだ」

「へぇ」

「料理の本も見たい。そこをどけ」

「はいはい。これなんてどう。節約料理なんだってよ」

「その本は以前読んだ」

「あっそ」

「古い本だ。大家族や子だくさんの家庭を前提にしたメニュー構成が多く、核家族や、我が家のような男所帯には全く活用できないものばかりだった」

「ああ、なるほどそれでか」

「何がだ」

「いや、なんでも。ただ、もうさすがにポテトは辛《つら》いから、なんか特別な調理法が載ってないかなって思って」

「私も散々調べた。応用が利《き》くものも無いではないが、安価であのブラックペッパーの強い味をどうこうできるものは無い。そもそも日本の食品衛生観念はエンテ・イスラに比べて異常なレベルだ。『古いポテトの利用法』なんてものを載せる本などあるはずが無いだろう」

「ふーん……まぁ、そうだろうね」

芦屋《あしや》が行ってしまうと、漆原《うるしはら》は肩を竦《すく》めて本を棚に戻す。

「……はぁ」

帰ったらまたあのポテトか。

そう憂鬱になりながらまた本棚の間をうろつきはじめた漆原《うるしはら》は、あるものを発見した。

「あれは……パソコン？」

漆原《うるしはら》は、書架の隅に並んだパソコンを発見したのだ。

「これがあれば暇潰しできるかな……」

椅子に腰かけてディスプレイを見ると、そこには画面いっぱいの検索窓。

「……あー、これ、もしかして書架の検索にしか使えないやつか」

ディスプレイの脇には小さな印刷機がある。

おそらく検索した書架の場所をプリントしてくれるのだろう。

考えてみれば、公共施設である区立図書館のＰＣが、それ以外の用途で使えるはずがない。

漆原《うるしはら》は顔を顰《しか》めながら、それでも時間を潰すため、試しに先ほどの節約料理の本の題名を、キーボードを打って入力してみる。

「うわ、初版が1985年て……いくらなんでも古すぎない？」

表示される情報を見て苦笑するが、ふとあることに気づきはっと目を見張る。

「中央《ちゅうおう》図書館に二冊蔵……一冊貸し出し中？　こっちは、本村《もとむら》図書館に、やっぱり一冊蔵、一冊貸し出し……あ」

それは、渋谷《しぶや》区立図書館全館共通の、蔵書管理システムの表示であると推測された。

「……ってことは、もしかして」

漆原《うるしはら》は、続いてディスプレイそのものをじっくりと見回し、やがて目的のものを発見する。

「じゃあ、多分これ……」

漆原《うるしはら》はそのまま少しずつ、キーボードを打ち続け、そして。

「アルシエル、アルシエルちょっと」

「なんだ、芦屋《あしや》と呼べと……」

「いいから、ちょっと来て。人に見つかりたくない」

「……なんだ、何をしている」

閲覧席に腰掛けて借りる本の吟味をしていた芦屋《あしや》は、漆原《うるしはら》の口調に不穏なものを感じて立ち上がる。

漆原《うるしはら》は検索機の前に芦屋《あしや》を引き連れてきたが、芦屋《あしや》は検索機の画面が妙なことになっているので目を丸くした。

「おい漆原《うるしはら》、貴様何を……」

「これ、古くなったポテトの再利用法。使えないかな」

ディスプレイに表示されているのは、芦屋《あしや》が見慣れた蔵書検索窓ではなく、大量のポテトの写真が掲載された何かであった。

「こ、これはなんだ！　漆原《うるしはら》、お前まさか検索機を壊し……」

「しーっ！　声が大きいよ。違うよ。ただちょっといじって、ネットに繋げさせてもらっただけだよ」

「検索機をネットに？　ネットとはインターネットのことか？　どうしてそんなことが……」

漆原《うるしはら》は、図書館の検索用パソコンをどういうわけかインターネットに接続してホームページを閲覧しているらしい。

だが、芦屋《あしや》の知っている図書館の検索機には、そんな機能は無いはずなのだ。

「や、割と簡単だった。マウス操作だけだったら無理かもだけどここキーボードあったし。検索機とはいうけど結局日本のメーカー製のパソコンだったからＯＳもブラウザもプリインストールのがそのまま残ってたし、ショートカットキー使えば普通に検索窓は後ろに下げられたよ。

多分この机の裏に本体が隠されてるんだけど、飛んでるwi-fi拾えたからパス甘そうなの選んでちょちょいと……」

「ま、待て、何を言っているんだ!?　日本語で喋《しゃべ》れ日本語で！」

「だからお前言ってることおかしいからね。一応日本語のつもりだよ。それよりこれ、古いポテトの生かし方。アパートでやれるものさっと選んで覚えて」

「何？　一体……」

「どれでもいいから、僕家電のことよく分からないから、気になったの選んで、そのページ表示するから」

「う、うむ……ええと、ではこれを……」

目を白黒させながらも、芦屋《あしや》はおっかなびっくりホームページのリンクを指さした。

司書や職員が通りがからないか怯《おび》えながらネットサーフィンをすること数分。

そして。


「できたな……」

一時間後、帰宅した芦屋《あしや》は、カジュアルコタツの上に載っているものを呆然《ぼうぜん》とつまんでいた。

「まー結局ポテトだけど、食感が変わるだけまだマシかな」

漆原《うるしはら》が齧《かじ》るポテトは、サクサクと軽妙な音を立て、ブラックペッパーの引き締まった香りが絶妙にマッチしていた。

「隅っこの方結構コゲちゃってるけど、これカリカリの部分を刻んでクルトン代わりにスープに入れるとか、できそうじゃない?」

「確かに……」

インターネットで調べたやり方を試したところ、しなびたブラックペッパーポテトは、フライドスナックとして見事復活を遂げる。

「ただ熱するだけでは、結局古くなった油の味が強く残ってしまったのだ。その上結局新たにサラダ油がいるし、フライパンを洗う必要もあった」

「これならアルミホイル使うだけだし、ある程度再利用できるし、塩ふれば味もごまかせるし、あったかいだけでも大分気分違うよ」

「うむ……」

芦屋《あしや》は神妙な面持ちで一つポテトをつまむ。

「こんな方法は、本では……」

「まーどう考えても乱暴なやり方だし、これで何か事故ったり食中毒とかあったら本書いた人や出版社の責任問題になったりするだろ。その点ネットって、そういうとこ良くも悪くもグレーだから」

芦屋《あしや》は得意げに語る漆原《うるしはら》を見る。

「貴様……一体どこでインターネットなど」

「んー……言うと、僕が外出できない理由がまた増えそうでなー」

「分かった。もう聞かん」

いつもの呆《あき》れた様子に戻った芦屋《あしや》だが、それでも少しだけ、漆原《うるしはら》のことを見る目が変わったようだ。多分。

「まあ、貧乏なんだから無理にとは言わないけどさ、ネットって、こういう草の根情報多いし、普通のメディアが知らせないような変な知識いっぱい転がってるから、ちょっと接しておくと後々色々得かもよ？　魔力を取り戻す方法、探してるんだろ？　お前や魔王様が分からないなら、僕、見た通りそこそこ知識あるから補える部分は多いと思うなぁ」

※

魔王城にノートパソコンとインターネットが導入されたのは、それから一週間半ほどした後のことだった。

「エビで鯛《たい》を釣る、だったよなぁ、今思うと」

しなびたポテトを復活させた結果、インターネット環境が導入されたのである。

これをエビで鯛《たい》と言わずになんと言おうか。

あの当時、芦屋《あしや》は恵美《えみ》が出現したこと、千穂《ちほ》に正体が露見したことに相当動揺していた。

漆原《うるしはら》自身の処遇のことも、表面上はそんな様子は見せなかったが相当悩んでいたはずだ。

その上、真奥《まおう》は笹塚《ささづか》の町の修繕に魔力を使いきってしまい、芦屋《あしや》には不安材料ばかりが残っていたのだ。

その不安を利用した、というと聞こえが悪いだろうか。

「なんにせよ、まさに辛酸を舐《な》めた味だよなぁ、ブラックペッパーポテトは」

漆原《うるしはら》は十分振ったブンブンポテトの袋を開けて、一口つまむ。

油の甘みと、柔らかいジャガイモに、胡椒《こしょう》のシーズニングがぴりりとアクセントを効かせている。

指先と舌先に乗る熱が漆原《うるしはら》の手を乗っ取ってしまったかのように、ポテトをつまむ手が止まらない。

時折冷たいコーラを挟みながら、結局漆原《うるしはら》はチーズバーガーの包みに一度も触れずに、ポテトを食べ尽くしてしまった。

指先についたブラックペッパーのシーズニングパウダーをぺろりと舐《な》めて、

「うん、やっぱポテトってのはこうじゃなきゃな」

と言い、バーガーを手に取って包みを開こうとして、ふと、

「ん?」

今更になってあることに気づき、そして苦笑した。

「考えてみたら……結局僕、マグロナルドのブラックペッパーポテト、ちゃんとしたやつ食べたこと無いじゃん」

もはやどこにも存在しない思い出の味の記憶は、しかし紛れもない現実であった。

※

帰り道、漆原《うるしはら》は勤務上がりの恵美《えみ》と、どういうわけか彼女に帯同している大天使ライラと鉢合わせる。

「あなた、何一人で保護者も無しにフラフラしてるのよ! さっさと家に帰りなさいよ!」

恵美《えみ》は頭ごなしに言い募り、

「大丈夫なのルシフェル、一人で出歩いて。ちゃんと帰れるの? 道に迷ってお腹《なか》すかしたりしてない?」

ライラは本気で心配する口調で、本気で失礼なことしか言わない。

そんな母娘《おやこ》を見上げながら、漆原《うるしはら》はふと思う。

そもそも、マグロナルドのブラックペッパーポテトを食べたことがあるか無いか以前の問題として、恵美《えみ》やライラとこうして街中で当たり前のように出会いながら、家に帰ろうとしている自分が一番おかしいのかもしれない。

だが、今はそれがおかしくない。

その証拠に、頭ごなしに言われたことに対して、漆原《うるしはら》は当然のように、

「ベルも佐々木千穂《ささきちほ》もお前らも本当にもう！　僕はお前らの何倍も長く生きてるって言ってるだろ！　いい加減怒るぞ！」

と、慣れた調子で、抗議するのだった。

聖職者、うどんを避ける

その日のヴィラ・ローザ笹塚《ささづか》二〇一号室の夕食で、千穂《ちほ》はなんとご飯を三杯に、鈴乃《すずの》謹製の豚汁を二杯もおかわりした。

日頃の千穂《ちほ》もそれなりに食べる方ではあったが、これほどの量を一度に食べる姿は、真奥《まおう》達も初めて見た。

一気に食べ終えて一息ついた千穂《ちほ》は、両隣にいた真奥《まおう》と鈴乃《すずの》の視線に、少しだけ顔を赤らめる。

「もの凄《すご》くお腹《なか》すいちゃって！」

「だろうな」

真奥《まおう》は苦笑する。

「概念送受《イデアリンク》でこれだけ消耗するなら、攻撃系の修行だとどんなことになるんだかな」

現在千穂《ちほ》は、恵美《えみ》と鈴乃《すずの》、そしてセンタッキーフライドチキン店長にして大天使サリエルの協力を得て、エンテ・イスラの法術、概念送受《イデアリンク》を会得《えとく》している最中であった。

体育館を借りたり、公民館の部屋を借りたりしながら主に鈴乃《すずの》が訓練の様子を見ているのだが、訓練が終わった後は、かなり空腹になるようだ。

「確かに大法神教会《だいほうしんきょうかい》の聖職者達は節制した状況で修行をするから、相当に痩せるな」

鈴乃《すずの》が何げなくそう言うと、千穂《ちほ》が何かに気づいて尋ねた。

「鈴乃《すずの》さん、もの凄《すご》く今更なこと聞いてもいいですか？」

「ん？　どうした？」

「鈴乃《すずの》さんって、聖職者なんですよね」

「うん、まぁそうだが」

食後の満足感を表情に浮かべたまま曖昧に答える姿は聖職者らしいとは言い難《がた》い姿だが、鈴《すず》乃《の》の日頃の言動からは『らしくない』と思っている節は無い。

「お肉、食べて大丈夫なんですか？」

「本当に今更だな」

鈴乃《すずの》は苦笑して頷《うなず》く。

「大法神教会《だいほうしんきょうかい》は、原則として肉食を禁じてはいない」

「原則って？」

「例えば、神学校での修行中はみだりに肉食することは確かに禁じられている。単純に節制しなければ修行にならないし、寮生活だから食べられるものも質素極まる」

「あ、そういうのはあるんですね」

「質素って、具体的にはどういうもの食うんだ？」

カジュアルコタツの向こうから真奥《まおう》が問うと、鈴乃《すずの》は少し昔を思い出すような顔をした。

「朝食は、握りこぶし大のパンとカップ一杯の水だけだったな」

「信じらんない」

すると今度は漆原《うるしはら》が嫌そうな声を上げた。

「どうせ味もそっけも無い堅いパンなんだろ。朝からそれだけとか、体もたないだろ」

「そういう台詞《せりふ》は、朝きちんと起きるようになってから言うべきだな」

「……」

芦屋《あしや》の鋭い突っ込みに、漆原《うるしはら》はすぐに黙り込んでしまう。

「昼が一番量が多い。パンに加え芋、豆、野菜、それに稀《まれ》にだが淡白な白身魚も出る。まぁ、厳密に言えば魚も肉食に類するのだろうが、全く食べないのはそれはそれで体に悪いからな。夜はまた、パンとわずかな野菜、それに薄い味の茶が出る」

「半端《はんぱ》に食べるのも、それはそれでしんどそうだな。どうせならばっさり断《た》ってくれた方が覚悟も決まりそうだけどな」

真奥《まおう》が肩を竦《すく》めるが、鈴乃《すずの》は首を横に振った。

「ところがそういうものでもないのだ。何せ今日び、神学校には庶民の他に、大学に行けなかった貴族の次男三男などという連中が入ってくる。これがもう、本当にどうしようもない連中でな。こいつらの食習慣は、動物性蛋白質《たんぱくしつ》を少しは取らせて、徐々に変えていくしかない。その苦労たるや、ルシフェルが可愛《かわい》く見えるくらいだ」

「これ以下の人間が存在するのか？」

「鈴乃《すずの》さん、それは言い過ぎじゃ？」

「芦屋《あしや》！　佐々木千穂《ささきちほ》！　お前ら、お前ら本当、お前らなぁ！」

「いや、これは本当のことだ」

鈴乃《すずの》の口調は真剣そのものだった。

「ルシフェルは、ただ怠惰なだけだろう？　アルシエルがうるさく言えばやることは一応やるし、文句を言っても決定には従う。神学校の生徒としては上等な部類だ」

「ベル……お前もさぁ……」

「甘やかされた貴族の次男三男ほど手に負えない連中はいない。家督を継げないから性根が拗《す》ねてるし、家は金持ちだから飽食に慣れてしまっている。そのせいでおしなべて行動が鈍い。そのくせ大学に行くほどの能力も無いのに貴族家出身を鼻にかけて有能ぶりたいものだから教員をナメてかかることも多く、行動や言動が完全に破綻しているんだ。ルシフェルなど、本当に可愛《かわい》いものだ」

「うわぁ……」

真に迫る鈴乃《すずの》の解説に、千穂《ちほ》はやや引き気味だ。

「まぁとにかく、そんな感じで大法神教会《だいほうしんきょうかい》は肉食を禁じてはいない。まぁ、西大陸の文化風俗に属さない食肉に対しては、やや不寛容かもしれないが」

「私、ちょっと興味あるんです。エンテ・イスラの人達が、どんなご飯食べてるのか」

「私が豚汁を作るくらいだから、そんなに地球と変わらないぞ？」

目を輝かせる千穂《ちほ》に、鈴乃《すずの》は微笑《ほほえ》む。

「全世界的に、牛豚鶏の肉はごく一般的な食材だ。魚も地域によって特色は異なるが当然食べる。生食文化は、かなり地域が絞られるな。だから刺身や寿司《すし》というようなものは、私が見た範囲では全くと言っていいほど無い」

それは千穂《ちほ》も、エメラダやアルバートから聞き及んでいたところだ。

「港町でも刺身とか食わないのか？」

真奥《まおう》の問いに、鈴乃《すずの》は腕を組んだ。

「どうだろうな。私が知らないだけで、いわゆる漁師飯的なものはあるのかもしれない。だが一般庶民向けに生食前提で供される料理、というのはほとんど無いはずだ。保存や衛生上の問題があるからな」

千穂《ちほ》は、世界中を旅したであろうエメラダとアルバートが、百円均一の回転寿司《ずし》に目を輝かせていたことを思い出す。

法術文化が発達したエンテ・イスラなら氷の法術か何かでその辺りの問題も解決できそうな気もするが、そうなっていないということは、きっと千穂《ちほ》の知らない、想像もできないような問題があるのだろう。

「じゃあホルモン焼きとか、ああいう系統はどうなんだ？」

「ホルモン焼き？」

真奥《まおう》の問いに、鈴乃《すずの》が首を傾《かし》げる。

「知らないのか？」

「いや、日本にそういう類《たぐい》の料理があることは知っているが、自分で食べたことは無くてな」

「私も、名前は知ってますけど食べたこと無いです」

「え、ちーちゃんも無いのか。美味《うま》かったよな、あそこのホルモン焼き」

真奥《まおう》が芦屋《あしや》に真顔で確認するのは、恐らく真奥《まおう》が時間帯責任者に昇格したときに入った焼肉店でのことを言っているのだろう。

二人がホルモン焼きを食べたことが無いことに真奥《まおう》は驚くが、芦屋《あしや》はさもありなんと頷《うなず》く。

「焼肉ですから値が張りますし、女子高生が好んで食べるようなものではないと思いますよ？　やたら煙が出ますから、ベルなど着物に臭いが移るでしょうしね。それに焼肉は焼肉でも主に内臓ですからね。肉好きの間でも好みが分かれると聞いたことがあります」

「美味《うま》いんだぞ」

真奥《まおう》もしつこい。

「系統って、内臓ってことですか……あー、私レバーはちょっと苦手で」

「レバーっていうのともまた違うんだよな。なんて言えばいいんだろうなぁ」

「二人に教えるためにも、真奥《まおう》が全員を連れてってくれたらいいよ。僕も食べたこと無いし」

真奥《まおう》と芦屋《あしや》がホルモン焼きを食べたとき漆原《うるしはら》は留守番を強制されていたため、少し口調が恨みがましくなってしまう。

「話を聞く限り、西大陸には恐らく無いと思う。あってもごく限られた地域の高級食だろう。内臓は普通の肉に輪をかけて下処理や保存が難しいからな。エンテ・イスラの一般的な畜産文化では、日本のように安定した供給が難しい」

言いながら鈴乃《すずの》は、一瞬だけ遠い目になる。

「鈴乃《すずの》さん？」

「……ああいや、なんでもない。だが、別に内臓だって食べられるなら食べても問題ない。話を戻すと、大法神教会《だいほうしんきょうかい》が肉食を禁じていないのは、肉食は生命循環の一部であり、神が世界をそう作られたのならそれを禁忌とする意味も無いからだ。もちろん地球の宗教観にある特定の肉食を穢《けが》れや禁忌とする考え方は尊重するが、大法神教会《だいほうしんきょうかい》ではそうだ、という話でな」

「なるほどー……」

千穂《ちほ》は納得顔で頷《うなず》いた。

「エンテ・イスラにあって、日本に無いものとかあるんですか？」

「もちろんいくらでもある。世界が違うから野菜類は似ているようで全く違ったりもするし、肉もまた然りだ」

「でも、牛豚鶏みたいに大体の動物が似通ってんのは不思議だよな」

「そう…………うん、確かにそうだな」

真奥《まおう》の何げない一言を、鈴乃《すずの》は軽く流そうとして、流せずに大きく頷《うなず》いた。

「奇妙な話だな。人類の形質がここまで異なるのに、自然がそこまで似通うものか」

「原因考えたってしょうがねぇけど、不思議だなとは俺も思ってた。だから日本でできることは、将来エンテ・イスラでも大体できるようになると思ってはいるんだよな」

「……そう、かもな」

「エンテ・イスラの食材で、エンテ・イスラのお料理って、食べてみたいなぁ」

千穂《ちほ》は二人の疑念にはさして違和感を覚えなかったようで、遠い異世界の料理をあれこれ夢想しているようだ。

「そうだな。千穂《ちほ》殿にはいずれ、エンテ・イスラに来てもらって、エンテ・イスラの美味《うま》い物を沢山紹介したい」

そんな日がいつか来るのだろうか。

鈴乃《すずの》はぼんやりと、千穂《ちほ》を案内する自分を想像し、そしてふと、真奥《まおう》を見る。

「なんだよ」

「……いや、なんでもない」

そのとき真奥《まおう》は、いつの間にか当たり前のように一緒に食卓を囲むようになったこの悪魔は、一体どうしているのだろうか。

「……」

普通に、マグロナルドのアルバイトをしているのではないか。

そんな、意外でもなんでもない未来予想図が脳裏をよぎり、つい微笑《ほほえ》んでしまった。

「個人的には、千穂《ちほ》殿には特に南大陸のヴァシュラーマという国の郷土料理を是非紹介したいんだ」

「ヴァシュラーマ？　砂漠の戦士団の国か。確かに人間の世界でも珍しいものを食べると聞いたことがあるが」

芦屋《あしや》が記憶を探る仕草をして、鈴乃《すずの》が手を打つ。

「聞けば驚くとは思うが、ドラゴニクスというトカゲの料理がある」

「と、トカゲ⁉　トカゲを食べるんですか⁉」

「美味《うま》いんだこれが」

今度は鈴乃《すずの》が、妙な圧力を伴って身を乗り出す。

「正直、私の生涯で一、二を争う革命的な料理だった」

「ち、ちなみに何と一、二を争っているんですか」

「讃岐《さぬき》うどんかな」

異世界のトカゲ料理と競わされても、讃岐《さぬき》うどんも困ってしまうだろう。

だが、鈴乃《すずの》からうどんという言葉を引き出しただけで、千穂《ちほ》は少しだけ安堵《あんど》する。

「あればかりはさすがに日本の食材では代用が効かない。八方手を尽くしてなんとか似たものを探して買ってみたこともあるが、やはり何か違うんだ」

「八方手を尽くしてトカゲに似た何を買ったんだよお前は」

少なくとも笹塚《ささづか》に住んでいる限り、そうそうトカゲ料理などというものを口にできるとは思えない。

「知らんのか。都内にはワニの肉を食べられる店が結構あるのだぞ」

「知らねぇよそんなの。牛肉だっておいそれと買えない貧乏人ナメんな」

うきうき顔の鈴乃《すずの》に、真奥《まおう》も苦笑するしかない。

「鈴乃《すずの》さんはワニ食べたことあるんですか⁉」

「実は一度だけ」

「マジかよ」

「ど、どんなでした⁉」

「もちろん美味《うま》かったことは美味《うま》かったがワニだと言われて出されなければそうだとは分からなかったな。私の好きなトカゲ料理とは全く別物だった」

比較できる経験も材料も持ち合わせていない千穂《ちほ》は、力説する鈴乃《すずの》に曖昧に頷《うなず》く。

と、そのときだった。

「そうだ！」

真奥《まおう》がはたと手を打って立ち上がり、キッチンのシンク下の扉を開く。

「ちーちゃんか鈴乃《すずの》、これ食ってみる気ないか？」

「「え？」」

真奥《まおう》が取り出したのは、レトルトカレーの箱だった。

商品名は『うまい！　牛ホルモンカレー！』

「な、なんですかそれ。レトルトカレー？」

「前にコウタが学校の友達と旅行に行ったときかなんかに、土産でくれたんだ」

「いいのか？　貴重な食料を」

人からのお土産だから、ではなく貴重な食料であることを理由に遠慮する鈴乃《すずの》。

「これ一個しか無いから皆で食えねぇし、何よりホルモンの布教のためだ」

「ま、真奥《まおう》さん、そんなにホルモン好きなんですね。で、でも私ちょっと遠慮したいかな」

千穂《ちほ》にしては珍しく、特定の食材を避けようとしているので、

「もらえるというなら、物は試しだ。いただいてみよう」

長い事しまいこまれていたのか、角が少し凹《へこ》んでいるレトルトカレーの箱を受け取ったのは鈴乃《すずの》だった。

「気が向いたときにありがたくいただこう」

「おう。是非ホルモンの美味《うま》さを知ってくれ」

鈴乃《すずの》は箱を矯《た》めつ眇《すが》めつしていたが、やがて傍《かたわ》らに置く。

聖職者相手に布教と言い出した真奥《まおう》もそれ以後は特に感想を急《せ》かすこともなく、このままこのホルモンカレーのことが話題に上ることはなかった。

数日後の、その日までは。

※

マグロナルド幡《はた》ヶ谷《がや》駅前店にマッグカフェがオープンしたことをきっかけに、真奥《まおう》と千穂《ちほ》の様子を見に行った恵美《えみ》と鈴乃《すずの》は、店長の木崎《きさき》からテイスティングを頼まれた。

軽いお茶としてはなかなか上等なコーヒーを飲んだ満足感と共に店を後にした二人は、時間が十二時少し過ぎであることに気づく。

「丁度昼時か。しまったな。コーヒーをいただくついでに、昼食も済ませてしまえば良かったか？」

「勘弁して。木崎《きさき》店長には悪いけど、あんな話をした後にマグドでご飯って気分にはなれないわ。天使と悪魔の正体なんてこと考えないで済むもの食べたい」

大体のものはそんなこと考えないで済むとは思うが、とにかくここ数日起こったことを考えれば、恵美《えみ》がそう言うのも仕方が無い。

「アラス・ラムスはまだお昼寝から起きそうにないから、たまには大人の都合で決めちゃう？

そういえば、前に幡ヶ谷《はたがや》駅の近くに美味《おい》しいうどん屋さんができたって言ってなかったっけ」

なので、折角鈴乃《すずの》と一緒に外食をするならうどんだろうと、恵美《えみ》がごく自然にそう提案したときだった。

「……え」

鈴乃《すずの》の表情が、わずかに暗くなった。

「どうしたの？」

「ああ、いや、昼食の話だったか」

「え？　うん。うどんはどうかなって」

「……」

「ベル？」

「その……」

次の瞬間、鈴乃《すずの》の口から飛び出した言葉は、恵美《えみ》をその場に竦《すく》ませた。

「うどんは……しばらくいい」

「…………………………………え？」

「どうした」

「そ、その……うどんじゃなくていいの？」

目を見開いたまま恵美《えみ》は尋ね返すが、鈴乃《すずの》は寂しげに首を横に振るばかり。

「ああ。うどんは……もう飽きた」

「えっ⁉」

「どうしたんだ、さっきから」

「あなたの方こそどうしたの⁉」

「えっ⁉」

今度は鈴乃《すずの》が面喰《めんくら》う番だった。

恵美《えみ》は恐怖と驚愕《きょうがく》に顔を強張《こわば》らせて、鈴乃《すずの》の肩を摑《つか》む。

「うどんに飽きただなんて、大丈夫⁉　どこか具合でも悪いの⁉」

「な、なんの話だ！」

「うどんの話よ！」

「どういうことだ⁉」

「あなたがうどんに飽きただなんて、そんなことあるわけないじゃない！」

「あるわけないってなんだそれは！」

この場合、どちらが状況に正しく突っ込んでいるのかは分からないが、鈴乃《すずの》は恵美《えみ》から離れて着物の襟を整えると、顔を逸《そ》らして言った。

「と、とにかくしばらくうどんはいいんだ！」

「魔王！　千穂《ちほ》ちゃん‼　大変よ！」

「えぇっ⁉」

恵美《えみ》の判断は早かった。

この事態は自分一人ではどうにもできない。

たった今後にしてきたばかりのマグロナルドに踵《きびす》を返《かえ》して駆け込む恵美《えみ》の背中を、鈴乃《すずの》は呆《ぼう》然《ぜん》と見送ったのだった。

一方驚いたのは真奥《まおう》と千穂《ちほ》である。

たった今帰ったはずの恵美《えみ》がもの凄《すご》い形相で駆け込んできたのだ。

「うどんが大変なのっ！」

「………………は？」

真奥《まおう》と千穂《ちほ》は、異口同音にそう言って、息を切らした恵美《えみ》を見て首を傾《かし》げたのだった。

※

「……おい、食わねぇのか」

「……いらない」

真奥《まおう》が勧める器を、鈴乃《すずの》は拒んだ。

「これは異常事態ですね」

「何これ、また面倒な事が起こる予兆？」

「遊佐《ゆさ》さんが慌てるのも分かります」

「ごめんなさい。私一人じゃどうにもできないと思って……」

「うどんおいし」

芦屋《あしや》と漆原《うるしはら》と千穂《ちほ》はそれぞれに深刻な表情で顔を背ける鈴乃《すずの》に注視し、恵美《えみ》は疲れた表情でアラス・ラムスのプラスチック椀《わん》にうどんをよそっている。

その夜の二〇一号室の夕食は、恵美《えみ》の提言により、土鍋いっぱいにうどんを茹《ゆ》でてそれを全員でつつく釜揚げうどんスタイル。

おかずに天ぷら。野菜は冷やしトマトとなったのだが、鈴乃《すずの》は頑としてうどんに箸をつけようとしない。

最初こそ、恵美《えみ》の慌てぶりを真面目に受け止めなかった真奥《まおう》と千穂《ちほ》だが、この状況を見せられては真剣に事態に取り組まざるを得ない。

「なぁ、天ぷらだけじゃもたれるだろ。うどん食えよ」

「いいったらいい。今日は食欲が無いんだ！」

「嘘《うそ》つけよ、食欲が無くたってお前がうどん食わねぇなんて有り得ねぇだろ」

「なんだそれは！　私をなんだと思っているんだ。大体みんな私がうどんを食べないことくらいで大袈裟な……」

「大袈裟⁉　何を言っているクレスティア・ベル！　貴様がうどんを食べたがらないなどと、もし私が最初に知ったら、なんらかの陰謀を疑うところだ！」

「うどんを食べないことでなんの陰謀が成り立つんだ！」

「や、うどん食べないベルって、縞《しま》の無いシマウマくらい有り得ないし」

「それはなんだ、私の存在を否定しているのかルシフェル！」

「鈴乃《すずの》さん、体調が悪いなら、お医者さんに行った方が……」

「食欲が無いだけだ！　体調が悪いだなんて一言も言ってないぞ千穂《ちほ》殿！」

「何か悩みがあるんでしょ？　私で良かったら聞くから、お願いだからいつものベルに戻って！」

「そこまで悲痛な声を上げられると私が悪いことをしている気分になる！」

鈴乃《すずの》は苛立《いらだ》たしげに箸を置くと、座の面々を睨《にら》みつける。

「一体なんなんだお前達！　私だってうどんを食べたくないときくらいある！」

「いや」「そんな」「あり得ません」「ないない」「うどんおいし」「無《ね》ぇって」

「あのなぁっ⁉」

一瞬で全員に否定され鈴乃《すずの》は激昂《げきこう》するが、真奥《まおう》は深刻な顔で言った。

「なぁ、これくらい鈴乃《すずの》とうどんってのは不可分だって皆思ってるんだ。お前がただ食いたくねぇだけだったとしても、傍目《はため》にはそれが異常事態に映るんだ。な、本当は何かあったんだろ？　大したことねぇってんなら恵美《えみ》やちーちゃんくらいには話してやれよ」

「……！」

鈴乃《すずの》は身を戦慄《わなな》かせるが、怒っているというよりは、どちらかというと虚脱に近い表情になっている。

「私は……そこまでうどんと一心同体だと思われていたのか」

「三百六十五日、三食欠かさずうどんのイメージはあるわね」

「エミリアとは何度もうどんの無い食卓についていたはずだが!?」

そうこうしているうちに鈴乃《すずの》以外の全員がなんとなく自分の分を食べ終えてしまい、土鍋の中にはちょうど二人分、鈴乃《すずの》のためのうどんが残されていた。

「多くないか」

「や、これくらい食べるかなって」

「だから食べないと言っているだろうが！」

ほとんど悲鳴に近い声を上げて鈴乃《すずの》は立ち上がると、

「あ、鈴乃《すずの》さんっ！」

「帰るっ！」

と、なぜか箸だけを持って二〇一号室から出ていってしまった。

その様子をぽかんとした顔で見送る一同。

「ちょ、ちょっと私、様子見てきます！」

千穂《ちほ》が慌ててその後を追って廊下に出てゆき、二〇二号室の扉をノックする。

「鈴乃《すずの》さん！　うどんのびちゃいます！」

この期に及んで鈴乃《すずの》を追い詰めようとする千穂《ちほ》だが、ドアノブを捻《ひね》ってみると、意外にも鍵はかかっていなかった。

「鈴乃《すずの》……さん？」

薄暗い室内を覗《のぞ》き込《こ》むと、暗闇からすすり泣くような鈴乃《すずの》の声。

「だ、大丈夫ですか？　電気、つけますよ？」

千穂《ちほ》が電気のスイッチを入れると、二〇二号室の畳の真ん中で鈴乃《すずの》が膝を抱えて俯《うつむ》いていた。

入ってきた千穂《ちほ》の方に目もくれないその様子はあまりに頑《かたく》なで、千穂《ちほ》は自分が悪いことをした気になってしまった。

「あの……すいません、鈴乃《すずの》さん、なんか、そういう日も、ありますよね、なんか、私達、鈴《すず》乃《の》さんがうどん食べないと死んじゃうんじゃないかって思い込んでて」

それでもナチュラルに追撃してしまう千穂《ちほ》だったが、ふとあることに気づいた。

「あれ？」

窓際《まどぎわ》に、着物が吊《つ》るされている。

鈴乃《すずの》が普段纏《まと》っている、かまわぬ柄の着物だ。

その着物の胸元に、何か見慣れない模様がある。

「……失礼しますね？」

膝を抱えたまま返事をしない鈴乃《すずの》に一言断ってから、千穂《ちほ》はそろりと部屋に上がり、すぐに妙な模様の正体に気がついた。

「ああ」

千穂《ちほ》の納得の声に、鈴乃《すずの》がびくりと背を震わせる。

鈴乃《すずの》は意外な程に沢山の着物を持っているので、千穂《ちほ》も気づかなかった。

ここしばらく、鈴乃《すずの》がかまわぬ柄を着ていないことに……。

「鈴乃《すずの》さん……」

千穂《ちほ》は、膝を抱えて俯《うつむ》いている鈴乃《すずの》の背後に跪《ひざまず》き、その肩をそっと抱きしめる。

「ごめんなさい、全然、気づかなくて」

「こんな情けないこと、人に言えるか……！」

振り絞るような鈴乃《すずの》の声に思わず涙が零《こぼ》れ、千穂《ちほ》は鈴乃《すずの》を抱きしめる力を強め、言った。

「……カレーうどんのお汁……跳ねちゃったんですね……」

「一番……気に入っていたんだぁ……」

同じく涙ぐんだ鈴乃《すずの》の声に、千穂《ちほ》は胸が締めつけられるような思いがしたのだった。

「まさか、カレーの汁が跳ねたのがトラウマになってうどんを食べなくなるなんて……」

「本当にショックだったんだっ！」

※

鈴乃《すずの》のかまわぬ柄の着物は、着物のしみ抜きを売りにしているクリーニング店に二週間ほど入院する予定だ。

数日後、恵美《えみ》と鈴乃《すずの》は笹塚駅《ささづかえき》近くに開店した新しいうどん屋にいた。

「そりゃねぇ……魔王にもらったレトルトカレーをアレンジしたカレーうどんでねぇ……」

つい先日のこと。昼食の献立に悩んでいた鈴乃《すずの》の前に、真奥《まおう》からもらったまま忘れていたレトルトカレーが転がり出てきた。

鈴乃《すずの》の食生活の自然な流れとして、レトルトカレーをそのまま温めてご飯にかけて適当に食事を済ませようという気にはなれず、ひと手間かけてしまった。

鶏《とり》ガラと白だしで薄いスープを拵《こしら》え、牛のホルモンに会うようにネギ、人参《にんじん》、こんにゃくなどを刻んで投入。

そこにレトルトカレーを放り込んでうどんにかけることで、ちょっと変わり種のカレーうどんの完成だった。

たのだ。

鈴乃《すずの》としてはホルモンが初めて食べる食材であったこともあり、それなりに楽しみにしていたのだ。

レトルトとはいえ、牛ホルモンの野趣あふれる味わいと歯ごたえは、鈴乃《すずの》の好みに合うものだった。

スパイスも味つけも濃いめに調整されたルーの味も、鶏《とり》ガラスープとうどんによって適度に薄められ、何から何まで工夫は正解だったのだ。

ところが悲劇は起こった。

半分ほど食べたときに、たまたま大きく切られていたホルモンが箸から零《こぼ》れ、器の中に落ちてしまった。

そのとき派手につゆが跳ね、鈴乃《すずの》はつい、口と箸がうどんに繋《つな》がれた状態で、それを回避しようとしてしまった。

当然派手につゆから離脱したうどんの端がさらにつゆを跳ね上げ、鈴乃《すずの》の着物の胸元に、罪深き黄色の汚れを残してしまったのだった。

「それで、そのときのカレーうどんは全部食べたの？」

「捨てるわけにはいかないから食べたは食べたが……その後の味は覚えていない」

「そう……」

「その瞬間までは、美味《うま》かったんだ……だから、余計に、辛《つら》くて……でも、理由を言えば、気を使わせるから」

「そう……」

恵美《えみ》も、それしか返事のしようがない。

恵美《えみ》だったらもしお気に入りの服にカレーが跳ねて、その原因が真奥《まおう》からもらった物なら普通に真奥《まおう》に当たり散らせばいいと思ってしまうところだが、鈴乃《すずの》は原因のカレーが美味《おい》しいことを認めてしまったため、それができなかった。

実際に理由を言えば、真奥《まおう》も気にしてしまうだろう。

それはそれで、居心地が悪くなるという気持ちはなんとなく恵美《えみ》も分かった。

「だが、長く続かないことは分かっていた。もう四日もうどん断ちをしていたんだ。我慢ができなくなれば行動の端々に違和感が現れて、早晩バレていたことだったんだ」

「あなた、聖職者なのよね？」

うどん断ちで禁断症状が出るなどと言い出す鈴乃《すずの》に対する恵美《えみ》の突っ込みは、奇《く》しくも件《くだん》のカレーが鈴乃《すずの》に渡された日に千穂《ちほ》から放たれた問いと同じものだった。

「そういう欲求を我慢するのも、修行の内じゃないの？」

「神も聖典も、修行中のうどんを禁じてはいないからな」

「何言ってるのよ」

神が聞いたら目を剝《む》くような詭弁《きべん》を素知らぬ顔で吐く鈴乃《すずの》に、恵美《えみ》はつい吹き出してしまう。

「カレーうどんお二つ、片方はうどん大盛り、お待たせいたしましたー！」

そこに、店員が大ぶりなどんぶりを二つ持ってやってきた。

恵美《えみ》は一応止めたのだが、久しぶりのうどんでリベンジを果たしたいと聞かなかったのである。

「今更だけど、また跳ねさせたりしないでよ？」

「大丈夫だ。ルシフェルに、汁が跳ねない方法を検索させた」

「ネットって凄《すご》いのね」

カレーうどんのつゆを跳ねさせない方法を検索しようと思ったことが無い恵美《えみ》は驚くが、鈴《すず》乃《の》は大真面目である。

「検索結果は八万件を超えていたぞ」

言いながら鈴乃《すずの》はうきうきした表情で手を合わせ、

「いただきます」

小さく礼をしてから割り箸を手に取り、カレーうどんに挑む。

汁を跳ねさせないコツ。

それは、うどんを口に運んだ後、箸を汁の水面まで下ろし、うどんの端をしっかりと保定することである。

汁跳ねの原因の大半は、啜《すす》る勢いでうどんの端が暴れ、汁が散り飛ばされることである。

端さえ暴れさせなければ、汁跳ねの量は格段に減るのだ。

「あとはレンゲを使う方法もあるが、レンゲのサイズや形状次第では零《こぼ》れることもあるからな。暴れるうどんの端を押さえるのが一番間違いが無いんだ」

一通り力説する鈴乃《すずの》は、確かにその通りに箸を動かし、一切汁跳ねさせていないようだ。

恵美《えみ》はそんな鈴乃《すずの》の様子を見ながら安堵《あんど》し、自分もカレーうどんに取りかかる。

「美味《おい》しいわね、ここ」

「うむ！」

鈴乃《すずの》は返事こそしたが、目はただ真《ま》っ直《す》ぐにうどんを見ていた。

コシが強く表面が滑らかに光るうどんは、塩気が抑えめで、鶏出汁《だし》ベースで作られたピリッと辛《から》いカレーつゆと絶妙にマッチした。

人参《にんじん》と玉ねぎ、鶏肉《とりにく》はまろやかに甘く、うどんの太さとつゆの味を邪魔せず、それでいて引き立てるよう煮込まれてており、味の奥深さを演出している。

そこに一口お冷《ひや》を注ぎ込めば、その冷涼な爽やかさはどんな清涼飲料水にも勝る。

すっきりした瞬間、スパイスの香りは何度でも食欲を突き動かし、また熱と、辛《から》さと、甘さと、爽やかさを求め、箸を手繰らせるのだ。

ほとんど無言で食べ進めた鈴乃《すずの》はものの五分でカレーうどんを食べ終わり、軽く息をついてペーパーナプキンで口を拭う。

そしてじっと器を見てから、恵美《えみ》の器を見た。

恵美《えみ》はまだ、半分ほどしか食べていなかった。

「……どうぞ、おかわりしたら？」

その視線に気づいた恵美《えみ》が促すと、禁うどんの鎖から解き放たれた司教の位を持つ聖職者は太陽のように顔を輝かせ、店員を呼ぶべく手を振り上げ、きつねうどんのお代わりを注文する。

そんな鈴乃《すずの》の幸せそうな姿を見ながら恵美《えみ》は小さく微笑《ほほえ》み、水を一口飲んだ。

「やっぱり人間、大変なときこそ自分の好きなもの食べて英気を養わないとね」

天使と悪魔、そして人間。

その本質的な存在理由を問わねば先に進めなくなりかけている恵美《えみ》にとって、最も身近な同郷の人間である鈴乃《すずの》がいつも通りの鈴乃《すずの》に戻ってくれた。

これだけで、先の見えない不安に一筋の光が見える。

そんな気がしているのだった。

魔王、自分の趣味を思い出す

マグロナルド幡ヶ谷《はたがや》駅前店の店長室で、真奥《まおう》は店長の木崎《きさき》から、正社員登用研修に必要な説明を受けていた。

申請に必要な書類を一枚一枚テーブルに並べられる度、真奥《まおう》の心は引き締まっていく。

これは、初めて手に入れた、正社員昇進に至る切符なのだ。

真剣すぎるほど真剣に、それこそ穴が開くほどその書類を見つめる真奥《まおう》に、木崎《きさき》は少し危機感を覚え、声をかけた。

「……まーくん」

「……」

「まーくん？」

「……あ、はい」

「顔が硬いぞ」

「あ」

「……君はどうもアレだな。なんでも、硬いな」

「硬い、ですか」

「うん」

木崎《きさき》は腕を組みながら、改めて真奥《まおう》を上から下まで眺める。

「今更こんなことを聞くのもあれだが、まーくん、君、休みの日って何してるんだ？」

「休みの日ですか？」

「ああ、別に答えなくていい。知りたいわけじゃないんだ」

木崎《きさき》の質問の意図が分からない真奥《まおう》だが、次の言葉は、少々以外なものだった。

「ただ、最近たまに思うんだが、君が仕事していないときの姿というのが、想像できない」

「へ」

「家でもその制服着て、仕事してるんじゃないかって思うことがある」

「そ、そうですか？　そんなことはないですけど」

「そりゃ分かってるよ。君はフリーターだし、将来のためにがっつり金を稼いでおきたいというのも分かる。ただ……私も大概ワーカーホリックだが、その私から見ても仕事一辺倒の人間に見えるのは、この場合結構良《よ》し悪《あ》しだぞ」

「そういうもんですか」

「そういうもんだ。よく考えてみろ。今回君が受ける正社員登用研修の『正社員』は『総合職』だ。今はまだピンと来ないだろうし、最初は店舗管理責任者を経るが、将来的には会社の経営に携わる可能性のある職種だ。それなのに、露骨に『店舗の現場業務しかやってません』て人間を、採用したいと思うか」

「ええっと……」

「現場業務ができないのは問題だが、現場業務しかできないのも問題なんだ。いいか、現場業務のエキスパートなら、アルバイトクルーの中から店長代理業務ができる人間を用意するだけでいい。極端なことを言えば、別に正社員である必要はないんだ。総合職の正社員に求められるのは、もう一歩進んだ、正社員として必要な何か、だ」

「……」

何か、と言われても、真奥《まおう》も困ってしまう。

木崎《きさき》の言わんとしていることは分かる。

人は仕事のみに生くるにあらず。

日常生活から、社会との関わりから、プライベートの過ごし方から、そして仕事から、ありとあらゆる要素を統合して今ここにあるのが人間である。

だが、真奥《まおう》にとって仕事以外のこととなると、現状大半が、エンテ・イスラ絡《がら》みの人間関係にまつわる事態で占められている。

しかも、その人間関係に高度な社会性や、人様に語れる経験則が織り込まれているかと言えば全くそんなことはない。

さらに言えば、それすら真奥《まおう》にとって『魔王』としての『仕事』に分類し得るものばかりだ。

「今思えばなんですけど」

「うん」

「俺……プライベートな瞬間って、実は全く無いかもしれないんです」

「……うん？」

「そもそも俺、ワンルームのアパートで友達とルームシェアしてますし……」

「ああ、なるほどな」

木崎《きさき》はすぐに、『友達とルームシェア』の一般的な部分を理解してくれた。

同じ部屋に友人同士で住んでいて、一人になれる空間や時間が全く無いのであれば、趣味や私用を控えてしまうことは容易に想像できる。

さらに言えば、真奥《まおう》の同居人は、一人は『腹心の部下』であり、一人は『手のかかるニート』である。

常日頃から『魔王様』と自分を呼ぶ芦屋《あしや》との会話では魔王としての自分を嫌でも思い出させられるし、ニートの漆原《うるしはら》に対しては常に『家長』としての振る舞いが求められ、性質だけで言えば魔王軍時代とほとんど変わらない。

では仕事も家も離れて何をしているかというと、あとはもう、アラス・ラムスと遊ぶ、くらいしかなくなってくる。

だがそのアラス・ラムスは、宿敵の勇者である女性との間に突然現れた血の繋《つな》がらない子供なのだ。意味不明すぎて絶対に人には話せない。

「俺ヤバいですかね？」

「まぁ、立ち入ったことを言っていいのであれば……うーん、趣味とか無いのか、何か」

「趣味……シュミですかぁ……ちょっとぱっと思いつかないんですけど」

「しかしそれでは、こっちの書類に空欄を作ることになるぞ」

申請書類の中には専用の履歴書があり、そこには当然のように『特技・趣味』について記載する欄がある。

「そうだ。あれがあるじゃないか。物は言いようというやつだよ」

「物は言いよう？　あれ？　なんの話ですか？」

「君の履歴書」

木崎《きさき》は立ち上がると、戸棚の中から懐《なつ》かしいものを取り出してきた。

「や、やめてくださいよそれのことは！」

「何を言う。君を採用した決め手はこれだぞ」

笑う木崎《きさき》が指さすのは、真奥《まおう》がこのマグロナルド幡ヶ谷《はたがや》駅前店のクルー募集に応募したときの履歴書の『本人希望』の項目。

『美味《うま》い飯が食いたい』だ。

「例えばこれを言い換えて、『食べ歩き』とすれば、これは立派な趣味だ」

「食べ歩き、ですか」

「何か特別好きな料理や食べ物があって、あちこち食べ歩く中で見たもの、感じたことを語るとかな」

「それ、アリなんですか」

怪訝《けげん》そうな真奥《まおう》に、木崎《きさき》は真面目な顔で頷《うなず》いた。

「勘違いしてもらいたくないから言うが、それが直接採用の決め手になったり好材料になるわけじゃない。ただ、登用研修では面接官はもちろん、他の研修生とグループで何かをやることもあるだろう。そういった初対面の人間が君と話しやすくなるようなフックは、どんなものでもいいから用意しておけということだ。マグロナルドの現場業務しかできない人間とは、仕事以外のことを話せないだろう？　こうなると、企業が求めるいわゆる『コミュニケーション能力』を疑われてしまう」

「……な、なるほど」

「特技や趣味の欄なんて、ほとんどそのためにあるようなものだ。例えば柔道黒帯の人間がそれを書いたとするだろう？　そうしたら面接官はきっと柔道の話を振るだろうが、実際にはまず『そういったものを書ける人間である』かどうか。それに『その積み重ねから得た経験を他に生かせる人間である』かどうかを見る。だから別に黒帯じゃなくたって『何年かやっていました』だけでもいいんだ」

「そんなんでいいんですか？」

驚いた顔をする真奥《まおう》に、木崎《きさき》は苦笑する。

「逆に聞くが、そんなんじゃないくらい柔道を極めた人間がどれだけいるって話だ」

「え？」

「日本人にありがちな勘違いだがな、特技や趣味は、他を圧倒するほど極めていないとそうと言えない、みたいな風潮あるだろう」

「……ありますね」

「同好の士の間でならそうかもしれない。だが、無関係の他人の前ではどうだっていいんだ。企業にとって重要なのはそれをネタにコミュニケーションが取れるかどうかであって、それを極めているかどうかじゃない。第一、極めているならそっちの道に進めばいいじゃないかって話だろう？」

真奥《まおう》は一つ一つ頷《うなず》きながら、改めて特技・趣味の欄を見る。

「もちろん極めていても問題は無いんだ。要は極めているなら極めているなりに、極めていないなら極めていないなりのコミュニケーションを取れればいい。ただ、全く何も無いんじゃコミュニケーションを取りようが無いから、何か考えておきなさい、ということだ」

「……物は言いよう、でもですか」

「物は言いようさ。そもそも言いようを考えて物が言えるなら、それは立派なコミュニケーション能力だよ」

シフトを上がってぼんやりと自転車を漕《こ》ぐ帰り道。

真奥《まおう》は昼間、木崎《きさき》に言われたことを思い出していた。

木崎《きさき》の言うことは分かるが、それはそれとして真奥《まおう》の今の生活に、趣味と呼べるようなものは存在しない。

料理は周囲に芦屋《あしや》と千穂《ちほ》と鈴乃《すずの》という三巨頭がいることを考えると趣味とすら言えない次元だし、読書量は芦屋《あしや》に遠く及ばない。

そもそも『趣味』というものは、生活の余剰を埋めて、人生をより豊かにするためのオプションの的意味合いが強い。

生活水準こそ、マグロナルドに勤めはじめた頃に比べれば格段に上昇しているが、折々に大きな買い物をすることもあるため、趣味だ娯楽だというようなことは極力遠ざけてきたし、そもそも遠ざけなくたって近づくことすら無かった。

だからだろうか。

「あ」

日本に来てから一つだけ、純粋に『趣味』で始めたものがあった。

最近ではめっきりご無沙汰しているし、最後にそれをしたのはもう一年近く前である。

だが、それ以前は折を見て結構な頻度で通っていた。

「……恵美《えみ》に会ってからだな、行かなくなったの」

そう考えるとなんだか腹立たしい上に、

「アラス・ラムスが現れて以降、考えもしなくなったな」

子供が生まれるとそれまでの生活スタイルが激変するという話はよく聞くが、現実に『そう』でないのにそうなっていることが、真奥《まおう》を落ち込ませる。

もちろんアラス・ラムスを疎《うと》ましいと思ったことは無いが、何か、こう、違う気がする。

「久しぶりに、行ってみっか。芦屋《あしや》もこういう事情ならダメとは言わねぇだろ。そもそもあいつ、最近あんまこっちにいねぇし」

エンテ・イスラの魔王城で神討ちの戦いの準備を進めるために、芦屋《あしや》は週のほとんどを向こう側で過ごしている。

漆原《うるしはら》も半分以上はエンテ・イスラにいる上、アラス・ラムスや恵美《えみ》ともそう頻繁に会うことは無いため、そういう意味では最近突然に自由な時間は増えている。

真奥《まおう》は珍しく、帰り道にあるコンビニの前で自転車を停めた。

「いらっしゃいませー」

店員の気だるげな声と、ホットスナックのケースを横目に見つつ、雑誌コーナーへと足を運ぶ。

そして、眺めることしばし。

真奥《まおう》が手に取った雑誌は、映画情報誌であった。

※

「……俺はどうしてこのことを忘れていたんだ」

真奥《まおう》は、自分の軽はずみな思いつきを悔いていた。

映画鑑賞は、真奥《まおう》が日本に来て以来始まった、最も趣味らしい趣味であった。

ただ、これまでは芦屋《あしや》の目を盗む必要があったり、大型割引の日でなければ二の足を踏んだりして、その上恵美《えみ》と出会って忙しくなって以降すっかり遠ざかっていた。

それだけに、久々の映画鑑賞を決意した真奥《まおう》は、入念に下調べして、割引情報も取得して、久しぶりの完全プライベートに興じようと意気込んでいたのだ。

それなのに……。

「いやー悪いネー。こんなイッパイ買ってもらっちゃっテ！」

映画館のロビーのベンチ。

真奥《まおう》の隣には、自分の胴体よりも大きなポップコーンバーレルを抱えたアシエスの姿があったのだ。

木崎《きさき》から書類を渡された翌日は、シフトに入っていなかった。

だから久しぶりにわくわくしながら、真昼の甲州街道《こうしゅうかいどう》を新宿《しんじゅく》方面に自転車で走っていたのだ。

その最中で、突然前触れもなく頭の中にアシエスの声が響いたときには自分の迂闊《うかつ》さを呪って呪って呪いまくった。

真奥《まおう》とアシエスは融合状態にあるが、恵美《えみ》とアラス・ラムスのように四六時中融合しているわけではない。

むしろ分離して活動していることの方がはるかに多いせいで、一定距離を離れると唐突に融合状態に戻ることをなぜか失念していた。

『マオウ、映画観に行くんでショ？』

アシエスは、融合状態になると無遠慮に真奥《まおう》の思考を読む。

今更否定もできず、かといってネット予約してしまった映画のチケットを捨てることもできず、真奥《まおう》はそのままアシエスを映画館に連れてきてしまったのだ。

「マオウはウーロン茶だけでいいノ？」

「……正直、一人だったらこれだって買う気は無かった」

もちろんアシエスが、大きいからといってポップコーンだけで満足するはずがない。

ドリンクは業務用パックをそのまま渡されたのではないかというほど巨大な特Lサイズ。

アイスクリームのウェハースよろしくポップコーンのオプションみたいに刺さっている茶色いチュロスは、もちろん別売りオプション五百円。

既にアシエスにかかった食費だけで、真奥《まおう》がもう一度、割引なしで映画を見られるまでになっている。

真奥《まおう》がウーロン茶を買っているのは、単にアシエス一人に飲み食いさせるのが悔しいからだ。

「それにしてもマオウが映画観るなんて意外だったナー。チホやスズノからも聞いたこと無かったヨ」

「まぁ……そういう話、したこと無いしな」

真奥《まおう》が映画に行くことを知っているのは、芦屋《あしや》と恵美《えみ》くらいだ。

それに漆原《うるしはら》と住むようになってからは一度も観に来ていないので、二人ともとっくに忘れているだろう。

「それデ、どんな映画観るノ？」

「なんだよ、興味あるのか？」

「そりゃここまで来たんだからラ、何観るのかは気になるヨ」

「別に観ないで俺ン中で寝っててもいいんだぞ」

「シツレーだナ。マオウ、私が映画館で騒ぐとでも思ってなイ？」

「……割と思ってる」

どんなに短い映画だって、予告編やスタッフロールまで観ようと思えば二時間は座りっぱなしになる。

その間、アシエスが大人しく映画鑑賞に興じていてくれるとはどうしても思えないのだ。

「そーゆーとこで静かにしてなきゃいけないことくらい分かってるヨ。それにツマンなかったら多分寝ちゃうカラ」

「それはそれで心配なんだよ。お前絶対イビキかくだろ」

「大丈夫だヨ多分！」

多分の時点でもう絶対に信用できない。

ただ考えようによっては、眠ったと同時に融合してしまえばいいのかもしれない。

分離のときはともかく、融合時には特に大きな音も光も出ないので、周囲の迷惑にもならないだろう。

「なんでもいいけど、とにかく上映中は静かにしててくれよ」

「分かってるってバ。それで何観るノ？　アクション？　ホラー？　恋愛？」

「お前俺が恋愛映画とか観るように見えるのか」

「人のシュミってのは分からないもんだヨ？」

最近アシエスは、こうして分かったようなことを言うので腹が立つ。

「おトーさんとか、あんなコーハなナリしてしょっちゅうおカーさんとイチャつくじゃん？」

「……ああ……まぁ」

「だから別にマオウがコテコテの恋愛映画観たリ、感動の動物モノ観たりしてても特に驚かないヨ。私も最近、ミキティんちで結構色々なテレビとか観るシ」

「……」

以上の発言全てを間断なくポップコーンを口に運びながらこなすのだからとことん腹立たしい。

だが一方で、こうしてアシエスが真面目に真奥《まおう》の映画の趣味を理解しようとしてくれていることだけはなんとなく分かり、久しぶりの解放感もあいまって、まぁ、連れてきても良かったか、くらいには思ってしまう。

「これだよ」

真奥《まおう》は財布の中にしまった二枚のチケットをもう一度取り出すと、アシエスに差し出した。

「『I・NA・BA』？」

感熱紙に印字されたタイトルだけでは、全く内容が推測できない。

アシエスはすぐにきょろきょろと周囲を見回して、一枚のポスターに目を留めた。

「あれカ。あれレ、もしかして私、大穴当てちゃっタ？」

「なんだよ大穴って」

「だってあれ動物モノジャン。センターに思いっきりウサギがどーんっテ」

『I・NA・BA』のポスターは全体的に暗い配色になっており、中央に白いウサギが大きくこちらを向く構図になっている。

「動物モノと言えば動物モノだが、感動モノじゃないぞ、多分」

「そうなン？　ウサウサしてるのニ」

「ウサギの足元、見てみろよ」

「ン？」

アシエスが目を細めて真奥《まおう》の指先のさし示す所を見ると……。

「ナニアレ、海と、鮫《さめ》？」

ウサギの足元には不吉な様子で逆巻く海と、鮫《さめ》の背びれのようなものが描かれており、さらにその周囲にはあまり愉快とは言えない表情をした人間の群集が描かれていた。

よく見ればウサギも、何やら異様な迫力を醸《かも》し出《だ》している。

「なんカ……全然内容が推測できないんだケド」

「そうか？　一目瞭然だろ？」

「ドコガ」

アシエスが真奥《まおう》に真顔で突っ込んだ。

明日は、間違いなく雪が降る。

「因幡《いなば》の白兎《しろうさぎ》、って話、知ってるか？」

「うんニャ」

「日本の神話なんだがな、日本の島の形を作ったって言われてる神様の、若い頃のエピソードなんだよ。『I・NA・BA』はその神話を下敷きに作られた映画なんだ」

「……つまりそれってテ、ニホンの大昔の話ってことだよネ」

「ああ」

「なんカ、金髪のヒトとか銃持ってる人とかいるんだけド」

「いるな」

「主人公ハその神様なノ?」

「いや、ウサギ。CGで巨大化するらしい」

「……」

アシエスが真奥《まおう》を茶化さず、ただ言葉を失って黙り込む。

明日は、台風が来るだろう。

「ねぇマオウ」

「ん?」

「……もしタイクツだったラ、マオウもポップコーン、食べなネ?」

「なんだよ……ほら、スクリーン開いたみたいだぞ。行こうぜ」

「ウ……ウン……」

急に大人しくなってしまったアシエスに首を傾《かし》げながらも、やはり久々の映画鑑賞だけあって気持ちを浮き立たせながら、チケットを二枚、もぎりの係員に提示する。

場内はガラガラで、真奥《まおう》とアシエス以外には三、四人しか入っていない。

そのことで、真奥《まおう》は多少アシエスが何かしても迷惑にはならないと安堵《あんど》し、アシエスの方は不安が増大したような顔になる。

「……」

不安は食欲に直結するのか、ポップコーンの減りが目に見えて遅い。

そうこうしている内に場内が暗くなり、予告編が流れはじめる。

「……ヤベェ」

真奥《まおう》の隣でアシエスがぽつりと呟《つぶや》く。

予告編で流れる他の映画も、配給会社の都合なのか『I・NA・BA』のポスターに負けず劣らずの意味不明な予告ばかりであり、思わず口角が上がっている真奥《まおう》に比べ、アシエスはどんどん真顔になっていった。

そして。

※

「いヤー！　あそこでダニエルのストレートパンチが決まったときは興奮したヨ！」

「分かるわ。気づいたか？　あれって序盤の新兵器開発の伏線が生きてんだよな」

「やっぱそーゆーことだよネ！　ウサギの足跡の中の水溜《みずた》まりが振動で震えてるとこなんか本当ドキドキしたヨ！」

「あのモフモフ毛玉が違法採掘現場の鍵だなんてな！」

「にしても途中であのブロンドは絶対ワニザメに食われるかと思ってたけド」

「最終的にはタイムスリップだもんな。あれは読めねぇわ」

映画が終わった後、真奥《まおう》とアシエスは、映画館が入っているビルにあるカフェで、興奮冷めやらぬ様子で映画の感想を交換し合っていた。

アシエスの不安に反して『I・NA・BA』は二人の好みにクリーンヒットしたらしく、映画館から一旦出た二人は思わずお互いの拳をグーで合わせたほどだった。

ひとしきり感想を交換し合ったとき、真奥《まおう》が提案した。

「どうする。もう一回見るか」

「エッ？　だってお金かかるじゃャン」

「この映画館、リピーター割ってのがあるんだよ。一回見たチケットがあれば、当日中なら千円でもう一回見られるんだ」

かなり摘要の厳しい割引方法ではあるが、こうして二人の好みにあてはまる映画ならば、リピートもやぶさかではない。

「俺もまだリピーター割は一回しかやったことねぇけど、久しぶりだしそれくらいやったっていいだろ。一度見たのをもう一回見ると、また違った発見があって面白いぜ」

「……マオウがいいなら、ゼヒ」

「よっしゃ決まりだ！　行くぞ」

「ネェ。もう一杯ポップコーン買ってイイ？」

「別の味にしとけよ。さっきのあれ、全部同じ味だったんだろ。よく飽きないな」

こうして真奥《まおう》とアシエスは勢い良く立ち上がり、『I・NA・BA』の二回目へと突撃したのだった。

※

「う――……」

帰宅した真奥《まおう》は、財布の中に溜《た》まったレシートの厚みに、頭を抱えた。

久々の映画の楽しさに、いつも以上に気が緩んだのは事実だ。

アシエスが思いのほか真奥《まおう》の映画観に理解を示してくれたことも、悪かったと言えば悪かったのだろう。

二回目の『I・NA・BA』は、なんと事実上のスクリーン貸しきり状態だった。

それをいいことに、アシエスはあの樽《たる》のようなポップコーンに加え、ぎりぎり昼時だったこともあって、ホットドックを三本も買い、あろうことか真奥《まおう》もそれに乗ってしまった。

これまでの、趣味と言えばあまりにささやかな趣味であった真奥《まおう》の『映画観賞』は、行って、見て、帰る。

ただそれだけだった。

だが、こうして飲み食いをしながら、人と感想を語り合う、という楽しみもある、と知ってしまったのは、財布に対しては良くないことなのだろう。

だが困ったことに、映画館のスクリーンという場所補正を抜きにしても、どれも美味《うま》かったのだ。

アシエスの二樽《たる》目のポップコーンは、キングサイズ・ミックスという特殊仕様で、なんと販売されているポップコーンを全種入れることができた。

バター味、キャラメル味というスタンダードなものに加えてカレー、ブラックペッパー、変わり種のいちごなど、普段なら絶対に口にしないし、そもそも買うことも無い。

だが、出来立てのポップコーンというものには、ある種の魔力が宿っている。

まだ熱いバターソースが舌を灼《や》く感覚は購入した後のわずか数分にしか味わえないが、それを過ぎるとなんとも空腹を刺激する香りが漂いはじめる。

しかも今回は全種入りのパワープレイを敢行してしまったものだから、真奥《まおう》とアシエス以外に誰か周囲にいるような席であれば、とんでもない香りで迷惑がられたことだろう。

冷静に考えて、カレーの香りのポップコーンなど映画観賞の妨げにしかならないと思うのだが、映画館が売っているのならそれはそういうものなのだろう。

ホットドックは、見た目こそ小ぶりだがその分内容が良いのか、肉汁の溢《あふ》れる太めのソーセージと、ピクルスとマスタードのバランスが絶妙だった。

ポップコーンが無ければ真奥《まおう》だって一つでは食べ足りないと感じただろうし、ポップコーンが無かったらアシエスがどれほどのお代わりを要求したか想像もできない。

そして、アツアツのポップコーンとホットドッグでオーバーヒートした口に流し込む冷えたコーラの、なんと犯罪的な爽快さであろうか。

映画館のドリンクのLサイズは、マグロナルドのLサイズを遥《はる》かに凌駕《りょうが》する。

ポップコーンとコーラというアメリカンな組み合わせにすっかり酔いしれた真奥《まおう》とアシエスは二回目の『I・NA・BA』を心行くまで堪能《たんのう》した。

そして帰宅した真奥《まおう》がふと我に返ると、

「……想定していた五倍使った……」

という後悔に襲われるも、まさしく後の祭りであった。

元々、一人で割引価格で観るはずだった映画である。

それをアシエスと二人でで二回観た上に、さんざん飲み食いすれば、五倍で済んだ方が奇跡かもしれない。

これで夕食も外で、となったらそれはもう犯罪的を通り越して真実の破滅が待っていたことだろう。

「……うぷ。当分、ポップコーンはいいな」

大半をアシエスが食べたとはいえ、それでもキングサイズをしこたま食べた真奥《まおう》の腹は、夕食時になっても全く空腹を感じない。

「とはいえな……これで何も食わないと、寝る直前になっていきなり腹減るやつだぞ……なんかねぇかな……」

宵闇迫る六畳一間に一人。

昼に贅沢《ぜいたく》しすぎた分、夜は質素を決め込もうと決意した瞬間だった。

「ん？」

呼び鈴が鳴った。

「真奥《まおう》君、いるー？」

「天祢《あまね》さん？」

玄関を開けると、普段あまり尋ねてこない天祢《あまね》が何やら手に持って立っており、開口一番、

「おすそ分け」

と、鍋を差し出してきた。

「へ？」

「や、なんか日中、アシエスに随分と散財させられたらしいじゃん」

特に口止めもしなかったので、アシエスが志波《しば》家で映画館でのことを色々と話したのだろう。

「あー……それは俺にも原因があるというか、今回ばかりはアシエスは悪くないですよ」

「ま、それはそれとしてね。もらっときなよ。芦屋《あしや》君も鈴乃《すずの》ちゃんもあんまいない上に、千穂《ちほ》ちゃんの通いもやめさせてんでしょ。その上アシエスに付き合わされてたら、真奥《まおう》君、食費で破産しちゃうよ。大事な時期なんでしょ。ちゃんと野菜も食べなね」

そう言って天祢《あまね》が置いていった鍋の中身は、根菜たっぷりの筑前煮《ちくぜん》だった。

真奥《まおう》は深々と頭を下げて礼を述べ、天祢《あまね》が帰ると夜の献立を考え直す。

「……となりゃ、あと味噌汁《みそしる》か……米は……そういや昨日のがチビっとだけ残ってたっけ」

炊飯器を開けると、昨日炊いた米がまだ少し残っていた。

元々今夜中に食べるつもりだったが、真奥《まおう》は一旦筑前煮《ちくぜん》の鍋をコンロに置くと弱火にかけ、再び冷蔵庫を開ける。

味噌《みそ》と、残り少ないシラスのパック、そして卵を取り出した。

鍋に水を入れて沸騰させてから味噌《みそ》と溶き卵を放り込み、さらに残った米を放り込んで煮ることしばし。

程良く米が即席みそ汁を吸いきった頃には筑前煮《ちくぜん》も温まり、昼とは打って変わってお腹《なか》に優しい献立が完成する。

ポップコーンとは全く違う深い熱を持った味噌《みそ》おじやに、冷蔵庫に長居してかなり乾いたしらす干しを惜しげもなく投入。

鍋から直接レンゲで掻《か》き込《こ》みつつ、レンコンと人参《にんじん》とこんにゃくと大きな鶏《とり》むね肉を次々に頬張る。

「ふう……」

ポップコーンとパンで乾いた胃に、味噌《みそ》おじやと根菜の出汁《だし》が塩気とうるおいを与えていくのが感じられる。

「これも一つの贅沢《ぜいたく》だな。鍋から直接とか、人前じゃできねぇし」

息をこもらせながら、溶き卵でまろやかな味になった味噌《みそ》おじやを絶え間なく掻《か》き込《こ》む間に、ニラを買っておくべきだったかとか、ここに豆腐を入れると美味《うま》いんじゃないかとか、男の一人飯特有の大雑把な工夫が頭をよぎっては通り過ぎてゆく。

やがてすっかり食べきってしまった二つの鍋を目の前に真奥《まおう》は軽く手を合わせると、心地良い疲れと共に眠気が襲ってきた。

だが、真奥《まおう》は一瞬だけその心地良さに負けそうになりながらも、大きく息を吐いて立ち上がった。

「……銭湯、行くか。面倒だけど」

珍しく、本当に珍しく、一人の自由時間をこれでもかと満喫した一日だった。

また明日からいつも通りの日々が始まるのだから、禊《みそぎ》の意味も含めて、今日の汗を洗い流しておかねば。

「鍋は、浸しておいて帰ってから洗おう」

今日はこの後、木崎《きさき》から渡された書類を完成させなければならない。

久しぶりに思い出した趣味『映画鑑賞』のことを思いながら真奥《まおう》はふと、

「『B級限定』とか書いたら面白いかな」

などと一人ごちる。

そして、ガスの元栓を閉めて、銭湯セットを用意して、財布の中に銭湯の回数券が入っているのを確認してから玄関を出て、鍵をかける。

「やめとこう。さすがにそれは悪乗りだな」

とはいえ、履歴書に空欄を作らなくて済みそうなことと、一日英気を養ったおかげか、眠気をこらえて銭湯へ向かう真奥《まおう》の足取りは、思いがけず軽かったのだった。

勇者、完璧を諦める

冷蔵庫の扉を開いて、恵美《えみ》は眉根を寄せ、しばし唸《うな》る。

「え～っ……と。うーん？　こっちは」

そしてすぐに結論が出なかったので、一旦扉を閉めて、次に野菜室の引き出しを開けた。

「うー……ん。これ……かなぁ」

半分残ったきゅうり。

二つ残ったピーマン。

ニラ、一束。

ピーマンを手に取ると、わずかに表面が乾燥しているような手触りだった。

「うーん、食べられるだろうけど、買ったのちょっと前だし……うーん」

結局ピーマンは戻して野菜室を閉じ、最後は冷凍室の引き出しを開ける。

「……こんなのいつ買ったっけ」

まるで記憶に無いが、袋に霜が付着した冷凍メンマなるものが出現した。

あとは、レンジでチンするカレーピラフ、ナポリタン、ピザ……。

「ちょっと……濃いわよね」

そのまましばらく冷凍室を漁るもどうにもピンと来るものが無く、肩を落として冷蔵庫の前から離れた。

「最近ただでさえ忙しかったから、ずーっと外食ばっかりだったしなぁ。どうしよ……まさかこんなに何も買ってないなんて思わなかった……でも」

恵美《えみ》は部屋の時計を見やる。

時刻はもう夕方の六時半を回っている。

今から買い物に行ったとしても、何かを作りはじめるのには遅すぎる。

その事実を突きつけるように、恵美《えみ》も見たことの無い教育番組をぼんやりと眺めていた、小さな小さな背中が、振り向いた。

「ままー……おなかすいたー……」

「ええ、そうね、うーん」

様々な事情によって一緒に住むことになった、恵美《えみ》の『娘』である。

「今日は、仕方ないか。ねぇアラス・ラムス。お子様ランチって、食べたことある？」

「おこさ……？」

恵美《えみ》が呼びかけると、『娘』のアラス・ラムスは少し困惑したような顔になった。

その表情と口振りから、知らないし聞いたことも無いようだ。

つい先日までの彼女の暮らしぶりを考えれば、その答えが返ってきても不思議ではない。

「初日だしね。色々大変なことが目白押しだったから、今日は引っ越し祝いってことで」

「ひっこし？」

「そうよ、引っ越し。アラス・ラムスとま……私は、今日から一緒に住むんだから。さ、出かけよっか。準備しよ？」

「あい!!」

引っ越し祝い、という単語こそ理解できなかったようだが、恵美《えみ》と一緒に住むことと、これから楽しいお出かけだ、ということは分かってもらえたようだ。

「アラス・ラムス、何が好き？」

「がんも！」

「えっ」

「がんも！」

「……そ、そう。お子様ランチでは、食べられないかもね……あはは」

煮物なのかおでんなのか分からないが、好物を尋ねられてがんもどきと即答する赤ん坊はそうそういないだろう。

だが、つい先日までのアラス・ラムスの住環境を考えると、それほど不自然に思えないのが逆に不自然だ。

「マルクトのくっくー！」

間に合わせで手に入れた黄色いサンダルを、アラス・ラムスはいたく気に入っているようだ。

はしゃぐ『娘』を見ながら、恵美《えみ》は、

「……でも、なんとかなるわよね。私だって魔王討伐の旅の間も日本に来てからも、きちんと自炊してきたんだから……なんとか、なるわよね」

自分に言い聞かせるようにしながら独りごちる。

だが。

わずか一週間後には、その目論見《もくろみ》が極めて甘かったということを、思い知らされるのだった。

※

ヴィラ・ローザ笹塚《ささづか》二〇二号室。

鎌月鈴乃《かまづきすずの》の部屋で、恵美《えみ》は膝の上でうとうとするアラス・ラムスの髪をなでていた。

「よく眠っているな」

「……ええ。今日は昼間、暑い中お昼寝もせずに魔王と遊んでたから、疲れちゃったんでしょうね。いつもよりも、一時間以上寝るのが早いわ」

スリムフォンの時計は午後七時を少し回ったところだ。

家主の鈴乃《すずの》は、そんな恵美《えみ》の様子を見ながら、少し気遣わしげに声をかけた。

「少し、疲れているようだな」

「分かっちゃう？」

恵美《えみ》にしては珍しく、即答で肯定する。

「ただでさえ色々あった後だ。ガブリエルがまたいつ姿を現すか分からないし、そうでなくとも慣れぬ育児を突然一人で行うとなれば、疲れない方がおかしいだろう」

「言葉を選ばなければ、アラス・ラムスは楽な子だと思うわよ。今のところ癇癪《かんしゃく》を起こすとかイヤイヤしすぎるってこともないし、むしろ」

そこで恵美《えみ》は唐突に顔を顰《しか》める。

「魔王が一人前の父親みたいな顔でアラス・ラムスの写真撮ってるのにげんなりしてるわ。いつの間にかデジカメなんか買っちゃって、生活大丈夫なのかしら。部屋の壁だって直してないのに」

一週間ほど前、ヴィラ・ローザ笹塚《ささづか》に、天界の天使が攻め込んできた。

築六十年の木造アパートに天使が攻め込んでくるという表現だけでは冗談にもならないが、現実に二〇一号室に住む魔王サタンこと真奥貞夫《まおうさだお》が保護していた、アラス・ラムスを奪いに来たのだ。

恵美《えみ》と真奥《まおう》を両親と慕うアラス・ラムスを守るべく激闘が繰り広げられ、その末に二〇一号室の壁には大きな穴が開き、アラス・ラムスは恵美《えみ》の持つ〝進化聖剣《ベターハーフ》・片翼〟と融合してしまう。

それまで『ぱぱ』と一緒に過ごしていたアラス・ラムスはその戦いの後、『まま』である恵《え》美《み》と共に永福町《えいふくちょう》のアーバンハイツ永福町《えいふくちょう》で過ごすことになったのだが……。

「ああ、あの写真はそういうことなのか」

鈴乃《すずの》の苦笑から察するに、既に魔王の手によるアラス・ラムスの記録自慢の洗礼を受けていたようだ。

父親として慕われていた真奥《まおう》はアラス・ラムスと『別居』するようになってから父性らしきものが爆発したらしい。

この日は『別居』後初のアラス・ラムスと『ぱぱ』の『面会』だったのだが、アルバイトに行くまでの間、真奥《まおう》は片時もアラス・ラムスから離れず、恵美《えみ》の言うように隙あらば写真を撮りまくっていたのだ。

「千穂《ちほ》殿曰《いわ》く、仕事の休憩時間中にも写真を眺めてほくそ笑んでいるそうだぞ」

「事情を知らない人が見たら紛《まが》うこと無き変質者じゃない。さっさと逮捕されてこの国の法律で処刑されてくれないかしら」

いつものように真奥《まおう》をくさしてから、恵美《えみ》はふと、二〇二号室のシンクの脇の、たった今鈴《すず》乃《の》が洗った食器に目をやった。

「今日は久しぶりに、しっかり食べてくれたわ」

「ん？」

「ご飯をね、食べてくれないのよ」

「アラス・ラムスがか？」

恵美《えみ》は頷《うなず》いた。

「ここで暮らしてた間のこととか、どんなものが好きかとか、一応はアルシエルにも話を聞いたのよ。もちろん全部その通りにはできないけど、極力頑張ってみたんだけど……やっぱりこっちで食べる物の方が、馴染《なじ》んでて美味《おい》しいのかしらね」

「エミリア……」

アラス・ラムスは、外見だけなら一歳半から三歳の間くらいの赤ん坊である。

だがその正体は恵美《えみ》の持つ聖剣や破邪《はじゃ》の衣《ころも》と同じ、セフィラと呼ばれる伝説の聖珠から生まれた存在であるらしく、単純に人間の子供と同じように考えることはできない。

身体能力はもちろん身に宿す聖法気《せいほうき》や、時折発現する深い知性や言語能力は、明らかに超常的なものを感じさせる。

だがそれはそれとして、見た目と基本的な精神性はやはり赤ん坊なのである。

毎日の昼寝は欠かせないし、昼寝をしなかったり、或《ある》いは短かったりする日の夜はやたらと機嫌が悪かったりする。

トイレに行く習慣が定着していないためおむつは欠かせないし、夜中に突然目覚めて泣き出すいわゆる『夜泣き』も体験した。

折に触れて『ぱぱに会いたい』と要求するのはもはや日常茶飯事であり、真奥《まおう》を監視しては

いても必要以上の接触は避けたい恵美《えみ》にとって、これもこれで困りものだ。

日中の恵美《えみ》の仕事中は融合状態にあるため、ストレスが溜《た》まると思い夕方以降は極力顕現させて遊ぶようにしているのだが……。

「そういえば、昼食はどうしているのだ？」

「目下、それが一番の悩みの種なの……」

恵美《えみ》の顔が渋くなる。

恵美《えみ》の勤務先は新宿《しんじゅく》のど真ん中にある携帯電話大手ドコデモのお客様問い合わせセンター。

つまりはごくごく一般的なＯＬであり、周囲に恵美《えみ》の正体を知る者は一人としていない。

真奥《まおう》と再会するまでは、昼休憩の時間には同僚と一緒にランチを取っていたのだが……。

「魔王を見つけてからは一人で過ごすこともあったから、色々言ってお誘い断ってなんとかアラス・ラムスとご飯食べようと思ってるんだけど……これがなかなか大変で……」

恵美《えみ》の勤務先には、制服の着用義務がある。

同僚の誘いを断るには迅速に会社を出る必要があり、着替えている暇が無い。

だが、制服姿でアラス・ラムスくらいの赤ん坊を連れていると、とにかく目立つ。

近年はオフィス保育所を持つ企業も増えているが、新宿《しんじゅく》の繁華街に近い土地柄のために自分達のような親子連れは皆無だし、ぎりぎりまだ『子供』に届かない赤ん坊を落ち着かせられるような設いやメニューを持つ飲食店の数も少ない。

「でも制服でしょ。人目を気にするっていうより、万一にも梨香《りか》とか、他の同僚に見つかったらもうどう言い訳していいか分からないじゃない」

日本における恵美《えみ》の一番の友人である鈴木梨香《すずきりか》も、恵美《えみ》が異世界から来た人間であることを知らないし、当然アラス・ラムスの存在も知らない。

「正直、アラス・ラムスがうちに来た事情があんな顚末《てんまつ》じゃなかったら、梨香《りか》にはもう洗いざらい全部話して協力してもらうしかないって思ったこともあるわ」

「それは……まぁ、うん、そうだな」

聖十字大陸エンテ・イスラには多くの人々が住み多くの思惑が渦巻き、特に恵美《えみ》や真奥《まおう》を取り巻く状況は、基本的に生命の危険と隣り合わせになることを覚悟する必要がある。

現実に、日本で唯一エンテ・イスラにまつわる事情を知る真奥《まおう》のアルバイト先の同僚にして女子高生の佐々木千穂《ささきちほ》は、この数ヶ月の間に一体何度、命の危険にさらされたか分からない。

千穂《ちほ》の身の上に関しては、エンテ・イスラのことを忘れたくないという千穂《ちほ》の意志を尊重し、真奥《まおう》と恵美《えみ》が彼女を全力で守ることで一定のコンセンサスが取れている。

だがそれでもアラス・ラムスを奪い返そうとしたのがエンテ・イスラの天界に坐《ざ》する大天使であったことを考えると、これ以上カバーしなければならない範囲を増やすのは、恵美《えみ》にとっても真奥《まおう》にとっても得策ではない。

そんな事情があって尚《なお》、育児には周囲の理解と協力が不可欠だ、という当たり前すぎる一般論に勇者たる恵美《えみ》が縋《すが》ろうとしているのだから、それだけ切実な状況だということだ。

「とりあえずね……今のところ、喫茶店ルネッサンスのサンドウィッチセットでお茶を濁してるんだけど……」

大手喫茶店チェーンであるルネッサンスは、近年のファストフード的コーヒーショップとは一線を画し、古き良き喫茶店スタイルを堅持している。

恵美《えみ》の勤め先の近くのルネッサンスには子供用のシートがあり、この一週間で三回も利用しているのだが……。

「まぁ、同じメニューばかりだと飽きてしまうな」

「あとね、そこそこ高いのよ。アラス・ラムス一人で全部食べるわけじゃないからいつも半分こするんだけど、それだけだと私が足りないから少し追加すると……ね。だから、お弁当を持っていくようにしたんだけど」

「ほう、いいじゃないか弁当」

「お弁当だとね、私の中で食べてもらえるからある意味楽なんだけど」

「そうなのか……ん？　私の中？」

解説に違和感を覚えた鈴乃《すずの》が首を傾《かし》げると、恵美《えみ》はその反応を予想していたようで続けて言った。

「そう、色々実験したんだけどね、おにぎり一つとペットボトル一本くらいだったら、アラス・ラムスごと融合できることが分かったの」

「そ、そうなのか」

聖剣と融合したセフィラの子との融合、という文言からは想像もできない、まさかのおにぎり二つとペットボトルである。

「最初から変だなとは思ってたの。例えば最初に着ていた黄色い服はアラス・ラムスのものだけど、サンダルとかおむつとかは、日本で買った普通のものでしょ？　でも、融合するとおむつもサンダルも一緒に消えるから、ある程度、この子に属しているものは一緒に融合できるんじゃないかなって思ったの」

アラス・ラムスの髪をなでながら、恵美《えみ》は指を立てた。

「ざっくり、総重量が一キロ前後であれば一緒に融合できるのよ。身につけてる服とか靴とかは別計算でね」

「……ほー」

一体どういう実験の末にその結論に至ったのかは分からないが、とにかく恵美《えみ》の試行錯誤と苦労が垣間見《かいまみ》えるその結論に、鈴乃《すずの》も頷《うなず》くしかない。

だがここまで聞いてもまだ、アラス・ラムスの食が細い、という話と微妙に繋《つな》がらない。

「なんだかんだと、上手《うま》くやっているようにしか聞こえないが……結局のところ、どうしても同じものばかり食べさせることになるから飽きる、ということか？」

「……まぁ、それもあるんだけど」

と、それまで饒舌《じょうぜつ》だった恵美《えみ》の口が突然重くなる。

そして、二〇一号室側の壁をしきりに気にしながら、少しだけ声のトーンを落とした。

「その……食べてくれないのは、私の手作りの料理なのよ……つまり、夕食」

「そ、そうか」

なるほど、それは確かに色々と思い悩んでしまうだろう。

「お昼のお弁当用に作るサンドウィッチとかおにぎりとかは、食べてくれるの。ただ夜にちゃんとしたもの作ろうとすると、どうしてかほとんど食べてくれなくて、それで今日、悪いと思ったんだけど……」

「うちで夕食を、と言い出したわけか。こっちとしてはアラス・ラムスの顔を見られるから構わないのだが、確かにそれは問題だな」

鈴乃《すずの》は腕を組んで少し首を傾《かし》げた。

「……そういえば、これまでエミリアが自炊をしているという話を聞いたことが……」

「し、してたわよ一応！」

恵美《えみ》自身、その疑いをかけられるのは想定していたようで、慌てて言い募る。

「もちろんあなたや千穂《ちほ》ちゃんみたいに、毎日手の込んだものを作ってたわけじゃないわよ？

でも、自分で言うのもなんだけど、別にそこまで下手じゃないわ！　やろうと思えばきちんとできるのよ！　……まぁ、アラス・ラムスが食べてくれないって話してるわけだから、説得力は無いかも、だけど」

が、音量が尻すぼみになっていき、自信が失われていることは窺《うかが》えた。

「参考までに、日頃どんなものを？」

「一応、最初に魔王やアルシエルから、いつもどんなものを食べてたかは聞いてたのよ。それに、ときどきあなたのご飯も食べていたって聞いたから……こんな感じでね」

そう言うと恵美《えみ》は、スリムフォンを取り出して写真を何枚か鈴乃《すずの》に見せてきた。

「画面からは、特別おかしい気配はしないな」

画面に映っているのは、一人暮らしのOLが突然子供と一緒に暮らすことになったにしては、よく考えられたものが並んでいるように見えた。

鈴乃《すずの》が見たことの無い食器だらけなので、恐らく恵美《えみ》が新しく買《か》い揃《そろ》えたものなのだろう。

アラス・ラムスの顔と一緒に写しているあたり、なんだかんだあまり真奥《まおう》のことを言えないのではないかという感想は声には出さないでおく。

「この、野菜炒《いた》めの中の赤いものは？　もしかしてパプリカとかいうものか？」

「ああ、それは一番初めに作ったものだけど、パプリカよ。見事に嫌がられちゃったわ」

その口ぶりから言って『使っている食材が子供向きではない』という可能性は、恵美《えみ》自身が既に潰していると考えるべきだろう。

「ふむ。見た目も悪くないし、食材のバランスも良さそうだな」

「この日のこれは自信作だったんだけど……」

そう言って恵美《えみ》が指し示すのは、いかにもお子様ランチといった風情《ふぜい》のプレートだ。

ハンバーグと付け合わせのブロッコリーとポテト。

鈴乃《すずの》の食卓を意識したのか、炭水化物は可愛《かわい》らしい器に入った小さなうどんだ。

「うどんを半分くらいとブロッコリーを一口齧《かじ》っただけで終わっちゃったの」

「うーん……これがいかんと言われると……」

「レストランで食べたお子様ランチのハンバーグはきちんと食べたのよ？　だからそれを再現すればと思ったんだけど……このままだと私、食べないことにイライラしてアラス・ラムスのこと怒鳴っちゃいそうで……」

「エミリア……」

恵美《えみ》なりに、相当色々思い悩んだようだが、ここまで来るともうあとはたまたまアラス・ラムスの機嫌が悪くなるタイミングだったか、そうでなければ……。

「……ん？」

「どうしたの？」

「エミリア、すまない、もう一度今の写真を見せてくれ」

「え？　これ？」

鈴乃《すずの》がさし示したのは、最初の野菜炒《いた》めの写真だ。

「次は、さっきのハンバーグを」

「ええ……」

恵美《えみ》は言われるがままに写真を表示し、鈴乃《すずの》はその写真を見ながら何か考えている様子だった。

そして口の中で一言、もしかして、と呟《つぶや》いてから、恵美《えみ》を見る。

「エミリア、何か料理を作ってみてくれないか？」

「え？　今？　ここで？」

「今ここで、だ。あと私に言えることがあるとしたら、エミリアが作ったものを実際に食べるしかないと思う」

「え、で、でももうお腹《なか》いっぱいじゃない？」

アラス・ラムスも恵美《えみ》も鈴乃《すずの》も、たった今夕食を終えたばかりなのだ。

「味を見るだけだ。なんならラップをかけて明日の朝食にさせてもらう。何かできないか」

「わ、分かったわ。そこまで言うなら……ちょっと時間かかるけど、いい？」

「……ああ」

鈴乃《すずの》は神妙に頷《うなず》いて、恵美《えみ》の膝からアラス・ラムスを受け取ると、座布団《ざぶとん》を並べてその上に寝かせる。

「んむ……げぶっ」

アラス・ラムスは寝返りを打つと同時に盛大なげっぷをしたが、目覚める様子は無い。

「冷蔵庫の中のものを、なんでも好きに使ってくれ」

「分かったわ」

恵美《えみ》は冷蔵庫と冷凍庫を何度も見直しながら、おずおずと色々な食材を取り出してゆく。

「常温保存の調味料や出汁《だし》の類《たぐい》は、窓のところの棚か下の戸棚だぞ」

「ええ」

鈴乃《すずの》がそう口添えすると、恵美《えみ》はすぐにそれらの場所にさっと目を通し、また何かを手に取る。

「ご飯はまだあるわよね。お味噌汁《みそしる》、新しく作っていい？」

「何をやっても構わない。食材は豊富に備蓄してるし、ここのところ、人が作った料理を食べることがあまり無かったからな。楽しみにしている」

鈴乃《すずの》の後押しを受けて、恵美《えみ》も覚悟を決めたようだ。

恵美《えみ》は戸棚にある、なかなか高そうなニボシの缶から三匹取り出して頭とワタを落とし、計量カップに水を注いで中に入れた。

次に雪平鍋に水を満たして火にかけ沸騰させる。

沸騰を待つ間、冷蔵庫からプチトマトを取り出しヘタを取って水洗いし金属ザルに置き、ボウルに氷水を張った。

間もなく沸騰したお湯にプチトマトをザルごと十秒強浸してから氷水に放り込んだ。

すると皮が裂けるので、氷水の中で皮を丁寧に剝《む》いていく。

いわゆる『湯剝《む》き』と呼ばれる作業だ。

「手馴《てな》れているな」

「そう？　ありがと」

湯剝《む》きが終わったトマトを一度皿に移してラップをして冷蔵庫に戻すと、湯剝《む》き用の湯を捨て、さっと鍋を洗ってから改めて水を入れ、計量カップの中身をニボシごと入れてから火にかける。

その間に冷蔵庫から豆腐と油揚げを取り出し、豆腐を賽《さい》の目《め》、油揚げを短冊《たんざく》に切り鍋に入れる。

鍋が沸騰するのを待つ間、冷蔵庫から鮭《さけ》の切り身を取り出すと、まな板の上で両面に軽く日本酒を振り、塩を全体に馴染《なじ》ませる。

それを油をひいたフライパンで焼く間、沸騰した鍋の火を切って煮干しを掬《すく》い上げ、味噌漉《みそこ》しで味噌《みそ》を鍋に溶き、また弱火をつける。

鮭《さけ》が焼き上がると同時に、味噌汁《みそしる》が沸騰する少し前にかけた火を消し、鮭《さけ》に余熱を通している間に、冷蔵庫の野菜室からレタスを取り出して手でちぎり、水洗いをしてから水を切り、湯剝《む》きして冷やしておいたトマトを半分に切る。

最後に白ネギを少量輪切りにして味噌汁《みそしる》の椀《わん》に入れ、それぞれを皿に盛ってから、ちゃぶ台の上に並べてゆく。

「普段はまずお米研いでご飯を炊くところから始めるんだけど、今回は省略したわ。もちろん味噌汁《みそしる》はこのままじゃ熱すぎるから少しぬるめになるまで待って、お魚は骨を極力取ってから出してるわ。アラス・ラムスはフレンチドレッシングが好きなの」

「米はいつも何合炊くんだ？」

「私とアラス・ラムスが食べる分だけだから少ないわよ。二合炊くときは翌朝のご飯とか、お昼のおにぎりに流用することもあるけど」

「……なるほどな。いただいても？」

「どうぞ」

鈴乃《すずの》は頷《うなず》くと、鮭《さけ》に箸を入れ、一口味噌汁《みそしる》を口に含む。

焼いただけの鮭《さけ》の切り身はバランスよく身に塩が行きわたり、それでいて日本酒がまろやかさを出している。

味噌汁《みそしる》もワタと頭を落としたニボシで水から出汁《だし》を取ったおかげで、短時間の割には深い味わいを感じさせる。

トマトとレタスのみのシンプルなサラダはフレンチドレッシングをかけることでトマトの甘

みが引き立ち、湯剝《む》きした表面は滑らかで、塩気の強い主菜に対して、爽やかな箸休めになっていた。

既に夕食を食べ終わった後で口にしても尚《なお》、家庭料理としては十分に美味な部類に入るものを、使い慣れない台所で作ることができる。

このことから、アラス・ラムスが夕食を食べないのは恵美《えみ》の料理の腕が悪いから、という線も消えた。

出汁《だし》の取り方や湯剝《む》きの手際《てぎわ》を見ても、努力して自炊の腕を磨いていることが見て取れる。

「何か、おかしなところ、ある？」

無言で箸を進める鈴乃《すずの》に、若干の不安をにじませる恵美《えみ》に、

「いや、美味《うま》いぞ」

鈴乃《すずの》は素直な一言を口にする。

だがその回答は、恵美《えみ》を消沈させるだけだった。

「……ならどうして、食べてくれないのかしら」

献立にも味にも問題が無いのなら、益々《ますます》アラス・ラムスが食べない理由が分からなくなってくる。

するとと鈴乃《すずの》が神妙な顔で、

「一つ聞きたいんだが……その前にもう一度、夕食時の写真を見せてくれ」

「……？　なんなの？」

再三の要求に首を傾《かし》げる恵美《えみ》だったが、鈴乃《すずの》は先ほども要求した二枚の写真そのものではなく、アルバムアプリ画面の隅を指さした。

「実は、これが気になっていた」

「え？」

それをさし示されても尚《なお》、恵美《えみ》は鈴乃《すずの》の意図が分からないようだった。

「どういうこと？」

「あくまで推測だから、可能性の一つというくらいの感覚で聞いてもらいたいのだが」

鈴乃《すずの》がそう前置きして語りはじめた内容を、

「……そ、そうなの？」

恵美《えみ》は半信半疑で聞いていた。

※

翌日の夕方、新宿《しんじゆく》駅東口の広場前で梨香《りか》と別れた恵美《えみ》は、足早に新宿《しんじゆく》駅構内を横切り、帰宅ラッシュで混雑している京王線《けいおうせん》に飛び乗った。

永福町《えいふくちょう》駅につくと、やはり足早に目的の店を回り、額に汗を浮かべつつアーバンハイツ永《えい》福町《ふくちょう》五〇一号室に帰ってきたのが、ぎりぎり夕方六時十分前だった。

玄関先でアラス・ラムスを顕現させると、アラス・ラムスは待ちかねたように靴を脱ぐ。

「たぁいま!!」

声を上げながら室内に駆け込むと、リビングのソファに置きっぱなしになっていたテレビのリモコンを手に取り、器用に電源を入れた。

「まま！　にゅーすやってる！」

「アラス・ラムスの見たいのでいいわよー。2、って書いてあるところ押してー」

「あい！」

六時から始まる、身の回りのものをパズル的に組み合わせて複合ドミノを作る番組は、アラス・ラムスのお気に入りだ。

「とりあえず、おてて拭いてね」

アラス・ラムスはまだ洗面台に手が届かない。

近所のホームセンターで踏み台を購入したもののそれでも手が届かず、無理をして転ばれても危ないため、外出から帰宅した際には除菌ウェットシートで手を拭くことにしている。

「はあっ」

出勤前にタイマーをセットしたのでリビングには冷房が入っていたが、それでも夏真っ盛りで全身汗だくの恵美《えみ》は、すぐにでもアラス・ラムスと共にバスルームに飛び込んでシャワーを浴びたい気持ちでいっぱいだった。

だが、今日はぐっとこらえて、買い物袋をキッチンに置き、ストッキングを脱いで洗濯籠に放り込み、洗面所で手と顔をざっと洗ってからすぐにキッチンに取って返した。

袋の中には、日本の生活で初めて買うものが大量に入っている。

「アラス・ラムス、お腹《なか》すいてる？」

「すいてる！」

打てば響く返事。

ダメでもともと考えれば、試してみる価値はある。

恵美《えみ》はゴムで髪を纏《まと》め、手早く調理を開始した。

無洗米二合を一度ゆすいでから、炊飯器で急速炊飯する。

片手鍋を二つ取り出し両方に水を張って、片方には初めて購入した化学調味料『鶏《とり》ガラパウダー』を大匙《おおさじ》一杯投入。

ついで千切りのたまねぎと冷凍コーン、薄切りベーコンを刻んで投入する。

ＩＨコンロの温度を中火に調整しながら、白だしつゆを加え醤油《しょうゆ》で色をつけたらそのまま加熱する。

水だけ入れた鍋は単純にＩＨにかけて沸騰させ、いつものようにプチトマトの湯剝《む》きの準備をする。

その後ろで電子レンジに、スーパーで買ったシュウマイを入れて温める。

大粒シュウマイは六個で温め時間は五分。

その間にトマトの湯剝《む》きを済ませ氷水にさらして、レタスを千切り、きゅうりを輪切りにし、カニカマをほぐして混ぜる。

最後にトマトをそのサラダの上に半分に割って乗せた瞬間、レンジが調理完了を報《しら》せ、玉ねぎとコーンとベーコンのスープが沸騰し、炊飯完了まで残り五分と出た。

「……アラス・ラムスー。もうすぐご飯よー」

「あい！」

元気のいい返事を聞いて、恵美《えみ》は思わず笑顔になる。

スープの火を止め、レンジからシュウマイを取り出し、サラダをお気に入りのガラスの大皿に盛って、アラス・ラムスの箸とスプーンとフォークを取り出し、リビングのテーブルを除菌シートで拭き上げたのと同時に、炊飯器から炊飯完了の電子音が鳴り響く。

炊飯器の中の米は、水に漬ける時間を取らなかった割には芯まで柔くなっていた。

時計を見ると、六時三十五分。

恵美《えみ》は普段の食器に。

アラス・ラムスはリラックス熊《ぐま》が描かれたプレート皿と茶碗《ちゃわん》で、ご飯とシュウマイ、サラダとスープに向かい、

「いただきます」

「いたたます！」

食事を始める。

アラス・ラムスは半分に切ったシュウマイを一つ、一口で食べてしまう。

「大丈夫？　熱くない？」

「あむ……あむ、あい」

言っているうちにすぐに二つ目にとりかかるアラス・ラムス。

全くペースを落とさずにシュウマイを食べきり、ついでサラダ、次にご飯を少し食べてから、

「……じゃーしていい？」

「じゃー？　……あー……そうね、いいわよ。今日は沢山食べてるし、でも零《こぼ》さないようにね」

恵美《えみ》の許可が下りると、アラス・ラムスはスープをご飯茶碗《ちゃわん》の中に注ぎ込んでしまう。

このいわゆるねこまんまを、アラス・ラムスは『じゃー』と表現するのだ。

あまりお行儀の良いことではないのだが、アラス・ラムスはなぜかこれが好きなのだ。

結局注ぎきらなかったスープともども、恵美《えみ》の見守る前でアラス・ラムスはあっという間に完食。

「まま、むぎちゃ」

「はいはい。零《こぼ》さないでね」

リラックス熊《ぐま》のメラミンカップに麦茶を半分注ぐと、待ちかねたようにアラス・ラムスはそれを一気に飲む。

「おかあい！」

完食した上に麦茶を三杯もお代わりしたアラス・ラムスの様子を見て、恵美《えみ》は鈴乃《すずの》が言っていたことが正しかったことを実感する。

時計を見上げると、まだ七時少し前。

「ごちそうさまでいた！」

「アラス・ラムス、速いわねー。ままもすぐ食べちゃうわね」

「まってる！」

アラス・ラムスは食べかすを口元につけながら満面の笑みで見上げてくる。

「……お口、拭いてね。ままが食べ終わったら、一緒にハミガキしましょ」

「あい！」

恵美《えみ》はこれまで自宅では味わったことの無かった鶏《とり》ガラスープと白だしの、和風でも中華でもない、いかにもありもので作ったようなスープの、それでも不思議と汗をかいた体に染《し》みる味に、大きく息を吐いたのだった。

※

「食べはじめる時間が、遅すぎるのではないかと思う」

恵美《えみ》の作った食事を一通り食べた鈴乃《すずの》の見解は、時間に関するものだった。

「時間？」

「この野菜炒《いた》めも、ハンバーグも、撮影されている時間が十九時半になっているだろう？　アラス・ラムスは何時頃寝床に入るのだ？」

「……ええっと……早ければ九時とか……」

「子供の体内時計は大人とはまるで違う。大人にとって夜の七時半は決して夕食のタイミングとして遅くはないだろうが、子供はそういうわけにはいかん。それにただでさえ子供は代謝が高いのに、大人ほどものを食べられない。昼食も、エミリアには少し物足りないと思う量しか食べられないのだろう？」

「で、でもそれなら余計に遅い時間はお腹《なか》が空いてるはずじゃない？　これでも結構急いで作ってるのよ？」

言い募る恵美《えみ》に、鈴乃《すずの》は首を横に振った。

「さっき自分で言っていただろう。眠くなると、機嫌が悪くなると」

「……あ」

「七時半は、アラス・ラムスにとってはもう入眠まで二時間も無い時間なんだ。自分の身に置き換えてみればいい。例えば夜十一時に眠るとして、仕事が長引いて夜の九時半まで何も食べられないへとへとな状況から、一汁三菜揃《そろ》ったものをいちいち食べようという気になるか？」

健啖家《けんたん》の男性であれば、そこからしっかり腹に重いものを収めようという気にもなるだろうが、それでも就寝二時間前にそこまでしっかりものを食べてしまうと、体調に色々差し支えるのは昨今常識になりつつある。

「それにこの時期だ。恐らく帰宅後、すぐにシャワーを浴びているのだろう？」

「それはそうよ。だって汗びっしょりになるから……」

「それを例えばウェットティッシュなどで軽く汗を拭ってやるだけにして、とりあえず食べさせてみるというわけにはいかないか。風呂《ふろ》やシャワーでリラックスしてしまうと、それだけ子供の眠気は強くなる。あせもなどの心配はあるだろうが、どうせ食べればまた汗をかく。一時間程度は誤差だと思って、一度試してみてもいいと思うぞ」

恵美《えみ》としては、あまり釈然としないが、続く鈴乃《すずの》の提案はさらに驚くべきものだった。

「それと、もう少し調理も過程を省略していいと思う。焼き鮭《じやけ》と味噌汁《みそしる》とサラダ。エミリアは今これだけ作るのに三十分かかった。やろうと思えば、この内容なら時間は半分にまで短縮できる」

「え⁉」

「コンソメや鶏《とり》ガラスープ。粉末だしや液体つゆなどを使えば、味付けや出汁《だし》取りはもっと時間を短縮できるぞ」

「え？　え？　でもあなたもアルシエルもそういうの……」

「私は結構使っている。便利だ」

「えええ？」

恵美《えみ》は、以前から間近で鈴乃《すずの》と千穂《ちほ》の料理対決もどきを観戦していたため、鈴乃《すずの》の料理は何から何まで完璧な手作り料理なのだとばかり考えていた。

「アルシエルからアラス・ラムスの好みのもの聞いたとき、なんだか凄《すご》く手の込んだもの作ってたみたいだったから、私てっきり……」

恵美《えみ》としては、アラス・ラムスの食生活にそこまで大きな変化をつけたくなかったし、もっと言えば芦屋《あしや》に負けたくないという思いもあった。

だからこそ元々それなりにやっていた自炊の腕をさらに磨き、料理本などを参考にしながらアラス・ラムスにより健康に過ごしてもらうために、食材にこだわってきたつもりだった。

「環境が違う。魔王城には早い時間から買い物や調理ができるアルシエルという主夫がいるが、エミリアは一人暮らしだろう。仕事中、誰がアラス・ラムスの面倒を見てくれるわけでも、家事をやってくれるわけでもない。そんな中で、アラス・ラムスがしっかり食べられる時間内に食事を提供するために化学調味料や惣菜《そうざい》類などを賢く利用するのは手抜きではない、立派な工夫だ」

「別に手抜きだとは思ってないけど……でも」

どこかでそう思っていたことは、否《いな》めない。

恵美《えみ》が料理の基礎を覚えたのは幼い頃、エンテ・イスラでのことだ。

故郷の西大陸には、当たり前だが冷凍食品もインスタント食品も缶詰も電子レンジも冷蔵庫も無い。

必定、調理の全ては手作りで賄われ、その習慣は日本に来ても変わらなかった。

調理器具こそ革命的に進歩したものの、インスタントや冷凍食品は単純な値段だけで見れば割高であることはすぐに分かったため、これまで重要視してこなかったのだ。

「あとはどうしても手の込んだ手作りにこだわりたいなら、前日の夜に全てを仕込んで冷凍保存をするという手もあるな。ご飯だって、多目に炊いてラップに包んで冷凍できる。これなら必要なときにレンジで温めるだけで、すぐに整う」

「それは……分かってるんだけどね、本にも書いてあったし。でも、出来たての方が美味《おい》しいじゃない？」

恵美《えみ》はまた、二〇一号室の方を見る。

「なんというか……魔王にもアルシエルにも負けたくなくて」

その視線の意味を十分理解した上で、鈴乃《すずの》は首を横に振った。

「気持ちは分かるが、大事なのは、アラス・ラムスの健康な食生活だ。何もかも、完璧にしようとして結局アラス・ラムスが何も食べなくなったら、それこそ本末転倒だろう」

そう言われてしまっては、ぐうの音も出ない。

「もちろん、何もかもインスタントで済ませてしまえと言っているのではないぞ。何事もバランスだ」

「……ええ」

「エミリアの料理の腕は確かだ。それは保証する。あとは一番大事なことのために、何を取捨選択するか、それだけだと私は思う」

※

家事万能に見える鈴乃《すずの》のその一言に背中を押された翌日からの四日間。

恵美《えみ》は手を替え品を替え、遅くとも七時前には夕食を終えられるよう工夫を凝らした。

結果、それまでほとんど夕食に手をつけなかったアラス・ラムスが、四日のうち三日、見事に完食してみせた。

その上料理の全てをその日の手作り出来たてというこだわりを捨てたことで、ポテトサラダやクリームシチューなど、一日で消費しきるのが難しいものを敢《あ》えて作り保存する方法も覚えた。

どうやら一日経《た》ったポテトサラダの、マヨネーズがしみ込みしんなりしたきゅうりをアラス・ラムスはお気に召したようだ。

「ベルには、今度お礼しなきゃね」

夕食をしっかり食べるようになったおかげで朝食や昼食のメニュー構成も大きく変化し、無闇に外食する必要が無くなったことも良い変化だった。

もっともその分アラス・ラムスを外で顕現させられる時間が減るためご機嫌を取る必要は出てくるわけだが……。

「ま……仕方ないわよね。こればっかりは」

恵美《えみ》一人では、アラス・ラムスの旺盛な遊び心と世界への好奇心を満足させられない。

そして恵美《えみ》は、勇者として、半壊した魔王城で悪魔達が妙な気を起こさないよう、見張る義務がある。

「アラス・ラムス、明日はぱぱのおうち、行きましょうか」

「いくー!!」

これからはアラス・ラムスを目いっぱい遊ばせるためにも、これまで以上に笹塚《ささづか》の、魔王のいるあのアパートに行かなければならなくなるだろう。

「アラス・ラムス、あんまりどたどた走り回らないの」

まだ明日のことなのに、ぱぱと会うということだけでテンション高く走り回るアラス・ラムスをなだめつつ、これからの真奥《まおう》との接し方を考え、

「まぁ……ただぼんやりと外で立ってるよりは、まだマシかしらね」

思いのほか、嫌だと思っていない自分に気づくのだった。

女子高生、異世界料理を堪能する

「できましたよー！　エメラダさーん！」

千穂《ちほ》の呼ぶ声にエメラダがぱっと顔を上げ、頷《うなず》いて手元の鐘を鳴らしはじめる。

「は〜い〜みなさ〜ん作業終了してくださ〜い〜！　ごはんの時間です〜〜！」

エメラダの揺れて間延びする声が伝言ゲームのように、魔王城の周辺で働く者達に伝わっていく。

そして人と悪魔が、それぞれに汗を拭きながらエメラダと千穂《ちほ》の所へとそれぞれに集まってきた。

「腹に来る匂いがたまんねぇな。今日はミソシルとかいうあのスープだな！」

真っ先にやってきたアルバートが、千穂《ちほ》の掻《か》き混《ま》ぜる大鍋を見て嬉《うれ》しそうに手をこすり合わせる。

「今日は暑かったですからねー。食欲ない人もささって食べられるように、具だくさん豚汁にしました！　エメラダさん、七味、皆さんに配ってもらえますか？」

「はいは〜い〜。量はありますから順序良く並んでくださいね〜。この赤い粉をかけると〜トンジルはもう一段階の変身を遂げるそうなので〜挑戦者は是非どうぞ〜」

「そこまで大袈裟じゃありませんよ」

エメラダの物言いに苦笑しながら、千穂《ちほ》は集まった者達に具が均等に行きわたるよう手際《てぎわ》良く豚汁をよそってゆく。

「肉食が家庭や宗教の事情でダメな人は、あちらの鍋は出汁《だし》も具も野菜と豆だけで作ってますからそちらに並んでくださーい！」

「……だそーだ」

もう一つの行列でおたまを握っているのは、こうして千穂《ちほ》と並んでいると冗談にしか思えないが、マレブランケの頭領格リヴィクォッコであった。

「この肉団子にしか見えねぇやつも、こいつの国の豆から作ったもんなんだそうだ。食いたきゃ勝手に食え」

「リヴィクォッコさん！　ちゃんと均等に行きわたるようにしてくださいね！　おから団子はあんまり数作れなかったんですから」

「……へいへい」

女子高生に巨漢のマレブランケが顎で使われている様子は奇奇怪怪以外の何ものでもないが、なんの力も無い千穂《ちほ》にリヴィクォッコが従っているというこの状況は、エンテ・イスラ中央大陸の魔王城で働く全ての人間達に安心を与えていた。

尊敬する上司に選抜され、人間世界の未来を賭けた戦いに参加しているという矜持《きょうじ》だけでは、やはりなかなか根源的な恐怖には打ち勝てない。

そんな中、千穂《ちほ》と鈴乃《すずの》が発案したのが、人間と悪魔が『同じ釜の飯を食う機会を作る』ということだった。

元々、千穂《ちほ》はヴィラ・ローザ笹塚《ささづか》二〇一号室で、大悪魔三人と常に食卓を囲んでいたのだ。

その輪を拡大させようという試みは当たり、ごくわずかではあるが、人間と悪魔の間に交流が持たれるようになっている。

もちろん決して交わらないという固い意志を持っている者は人間悪魔双方に多いが、千穂《ちほ》達はそういう者達には無理強いをしないという取り決めを作っていた。

ただでさえ、非公式な上、確実に歴史の闇に葬《ほうむ》られる戦いの最中なのである。

そんなところでわずかでも無理強いし反発心を産めば、その小さな穴がどれほどの被害をもたらすか見当もつかないからだ。

「あとはパンとオニギリをあちらで配っています。一人三つまでですよー」

魔王城に集う人間軍の主な仕事は、魔王城の修繕と周辺警備及び警戒である。

肉体労働で乾いた体に握り飯の塩と味噌《みそ》が染み渡《わた》り、千穂《ちほ》謹製の異世界ニホン式ファストフードで腹を満たした者達は、一様にほっとした様子を見せていた。


「まったく、いくらでも入るな、これは」

「ルーマック将軍は少し食べすぎではないか？」

豚汁の三杯目のおかわりに取りかかっているルーマックに、鈴乃《すずの》が苦笑して突っ込んだ。

「この、なんと言ったか、ネギという野菜がとにかく私を捉えて離さんのだ。最初はなんて粘っこくて甘い野菜だと思ったが、もうこれが無いミソシルは物足りなくなってしまってな」

「基本的にはネギが無い味噌汁《みそしる》の方が多いとは思うがな」

鈴乃《すずの》はそう言って肩を竦《すく》めたが、ふとルーマックは、多くの騎士達のおかわりに対応している千穂《ちほ》を見やって唸《うな》った。

「しかし……大したものだな、あの歳《とし》で」

「千穂《ちほ》殿はな、日本でもちょっと特別仕様だ。年齢云々《うんぬん》の問題ではなく、一個の人格として別格なのだ。こう言ってはなんだが、なまじの大人より余程大人だし、逆に千穂《ちほ》殿の同年代が全員あれほど高潔で豪傑かと言えば、全くそんなことはない」

「はっはっは、面白いことを言うな、豪傑か」

「リヴィクォッコを平気で顎で使える者が、果たしてセント・アイレの騎士達にどれほどいるかな？」

「はっはっは、言うな、この」

ルーマックは気分を害した様子も無く面白そうに笑う。

「しかし、肉食できない者への配慮など、普通は思いつくまい」

「そこもまぁ、千穂《ちほ》殿の気配りの良さというやつだろうな。私も以前、肉食が大丈夫なのかと問われたことがあった。そういえばあのときも豚汁を食べていた気がするが」

大法神教会《だいほうしんきょうかい》でも、肉食を禁忌とする宗派はごく一部だろう」

「だが、皆無ではない。西大陸北部では根強くその意識が残っている地域もある。南大陸の信徒の一部にも、そういった教えがあると聞く」

以前鈴乃《すずの》は、肉食の可否を問う千穂《ちほ》に、大法神教会《だいほうしんきょうかい》は肉食を禁じていないことを告げた。

だが、それは主要教派の中でという話であり、神学的解釈の違いをもって主要教派より厳しく信徒を律している地域や教派は未《いま》だに存在する。

「そんなことまで知って、肉抜きのミソシルを作ったというのか」

「いや、宗教による肉食禁忌の考え方自体は、日本では割と周知されているんだ」

鈴乃《すずの》はルーマックに、日本で肉食文化が一般化したのは近現代になってからであること。

特定の肉食について厳しく律するメジャーな宗教が存在することなどを解説する。

「そういった宗教を信奉する者向けに作られた料理を出す店も、最近では増えてきているとテレビのニュースで見たこともあったな」

「てれびのにゅーす？」

「ああ……まぁともかく、そういった気配りができるからこそ、人間と悪魔に一緒に食事をさせようなどということを思いつき、実際にそれを成功させてしまうんだ」

「そんな出来た娘があの魔王に懸想《けそう》しているのがなんとも不思議だ」

「……まぁ、それは我々の間でも実は未だに分かるようで分からないことではあるがな」

ルーマックの疑問を鈴乃《すずの》は軽くいなし、ようやく豚汁が売り切れたのか、近くの川まで洗いに行く千穂《ちほ》の背中を見送る。

「……とても、敵《かな》わん」

「何がだ？」

「……いや」

「……ふむ」

首を横に振る鈴乃《すずの》を見下ろしながら、ルーマックは味噌汁《みそしる》の最後の一口を飲み干すと、そうだ、と大きな声を上げた。

「この複雑な場を取り纏《まと》める鎹《かすがい》役の彼女に、我々側からも何かしてやるべきではないか？」

「何か、とは？」

ルーマックは、炊事場として仮に確保されている幕営の方を指さして言う。

「彼女がここで食べられるものなど、我々の無骨な糧食以上のものではないだろう？　重大な戦いの間ではあるが、折角異界の友に来てもらったのだ。我々から、彼女をもっと本格的に歓待するべきではないか？」

「言うことは分からないでもないが」

鈴乃《すずの》は難しい顔をする。

「先だっての北大陸のジルガで、千穂《ちほ》殿はディン・デム・ウルス様に大層可愛《かわい》がられていたからな」

「北には北の、西には西の流儀がある。基本的にエミリアにしろエメラダにしろお前にしろ、チホ殿が付き合っている人間は西の者が多いだろう。ここは一つ、西のフルコースといかないか？」

「西のフルコースか……」

鈴乃《すずの》はそれでも、眉間に寄せた皺《しわ》が解けない。

「私はこれでも世界中を飛び回った身だ。千穂《ちほ》殿を歓待するというのであれば、無理に西のものに限定することはないのではないか？」

「ううむ、そうか？」

「なんの話をしてるんですか～？」

ルーマックと鈴乃《すずの》が唸《うな》っているところに、エメラダもやってきた。

千穂《ちほ》にエンテ・イスラの美味《うま》い料理を食べさせたい、という意図をエメラダは理解し、

「それならやはり西に限らず～、色々なものを召し上がっていただくのが良いのでは～？　ニホンの料理って～、よほど正式なもの以外は結構無国籍に色々混じってるらしいですから～千《ち》穂《ほ》さんなら苦手なものでなければ美味《おい》しいって言ってくれますよ～？」

「ううむ……確かに千穂《ちほ》殿には好き嫌いはほとんど無いようだが……」

「酒は駄目か？」

「却下だ。日本では二十歳未満の飲酒は法律で禁じられている」

「何を堅苦しいことを。ここは中央大陸だ。ニホンの法律など……」

「くどい。言語同断だ」

「酒が駄目なのかあああ！」

「ルーマックさんはお酒が無いと生きていけない人ですもんね～」

「エメラダ、言い方がおかしい。それでは私がまるで酒に呑《の》まれる女のようじゃないか」

「ふふ～」

「はは……じゃあ、後で私からそれとなく千穂《ちほ》殿に伝えておこう。次来るときには、少し腹を空かしてから来てほしいとな」

鈴乃《すずの》がそう言って、ルーマックもエメラダも、頭の中で早速千穂《ちほ》をもてなすためのそれぞれの最高の料理を検討しはじめた。

※

「エメとルーマックさんが千穂《ちほ》ちゃんを招待？」

「はいっ！　あと鈴乃《すずの》さんが、なんか私にエンテ・イスラの料理を色々食べてほしいって、食事会に誘ってくれたんです！」

マグロナルドのレジに立つ千穂《ちほ》は、相好を崩しっぱなしだった。

「鈴乃《すずの》さんすっごくお料理上手《うま》いし、ジルガのときは見たことの無い色々な美味《おい》しいものいっぱい食べさせてもらったんで、西大陸のお料理がどんなのかなーってすっごく楽しみで！」

「そう……なるほどね」

恵美《えみ》は頷《うなず》くが、少し真剣な顔で千穂《ちほ》に言った。

「千穂《ちほ》ちゃんって、好き嫌いあったっけ？」

「好き嫌いですか？　うーん……あんまり無いですけど……あ、激辛料理とか、お魚のワタとか匂いの強いレバーとかはちょっと」

「そういう味が極端なのじゃなくて、苦手な野菜とか無い？」

「野菜はなんでも大丈夫です。香りが強いものも結構平気ですよ。パクチーとか蕗《ふき》の薹《とう》とかも平気です。長野のお婆《ばあ》ちゃんちで鍛えられましたから」

「蕗《ふき》の薹《とう》は食べたこと無いけど、私、実はパクチーって苦手で」

「え！　そうなんですか？」

「抜けるなら抜きたいし、どうしても食べなきゃいけないシーンでは凄《すご》く我慢するわ」

「遊佐《ゆさ》さんって好き嫌いないのかと思ってました」

「実は結構あるの。アラス・ラムスの手前、なんとかかんとか頑張ってるけどね」

恥ずかしそうに言う恵美《えみ》だが、食の好みは人それぞれだ。

「うーん、それにしても、エメとルーマックさんか……」

恵美《えみ》は、千穂《ちほ》を招待したのが鈴乃《すずの》とエメラダとルーマックであるということに、自分でもよく分からない一抹の不安を覚えつつ、一応忠告した。

「あのね千穂《ちほ》ちゃん、あんまり馴染《なじ》みの無い食材が出たり、食べられそうにないものがあったらちゃんと言うのよ？　そういうの遠慮したら駄目だからね？」

「はいっ！　大丈夫です！　多少苦手だったりしても、それもある意味旅の醍醐味《だいごみ》みたいなとこあるじゃないですか！」

もともと千穂《ちほ》は食に対して非常に貪欲である。

以前には、太ってしまったと言いつつ、食べるのが好きだから食事制限はしないと言いきっていたこともあった。

「まぁ……そうね、これも経験か……」

ウキウキが止まらない千穂《ちほ》にこれ以上水を差すのも野暮かと思った恵美《えみ》は、それ以上は特に何も言わず、粛々とその日の仕事をこなす。

「まぁ……日本の料理をきちんと分かってるベルがいるんだから、平気よね」

それでもその日の帰り道、なんとなく不安が口を衝《つ》いて出た。

ルーマックが料理に堪能《たんのう》という話は聞いたことが無いし、エメラダはかなり偏食家だ。

「まあ、ジルガの最中は北大陸のお料理食べてたんだから、平気かな……」

それから数日後、恵美《えみ》に千穂《ちほ》からメールで、食事会の日程が決まったことだけ知らされた。

恵《え》美《み》はバイトのシフトに入っている日だったので、楽しんできてほしい旨《むね》だけ伝えて以降、特にそれ以上は考えないようにしていた。

※

「というわけで〜今日は千穂《ちほ》さんに〜私達が腕によりをかけて〜厳選に厳選を重ねたエンテ・イスラの厳選料理の数々を召し上がっていただきます〜」

「よ、よろしくお願いします！」

会場は、思いのほか豪華な場所であった。

魔王城近辺で行われるのかと思いきや、なんとディン・デム・ウルスの計らいで、北大陸最大の港湾都市、ウェルランド・イサのレストランを借りきっての豪華なものとなった。

「本日は〜ベルさんの要望もありまして〜地域を絞らず私達が美味《おい》しいと思うものを〜順々に召し上がっていただくことになってます〜礼儀とか堅苦しいことは考えず〜お好きなように召し上がってくださいね〜。私達も途中からお相伴にあずかりますから〜」

「はいっ！」

「まずは食前茶です〜。ルーマックさんが食前酒に西のワインだけでもと強硬に主張してたんですけど~後でエミリアに怒られるんで全力で止めました~」

「あはは……わあ、良い匂い」

千穂《ちほ》の前に出されたのは、北大陸の伝統的なティーポットのような茶器で淹《い》れられた、薄い黄金色のお茶だった。

浅い湯呑《ゆのみ》のようなカップに注がれたそれは、

「あ、冷たい」

触れるとかすかに冷たく、香りは柑橘類《かんきつるい》を思わせた。

「そ、それじゃあいただきます」

若干の緊張と共に口をつけたお茶は、ほのかな甘みとささやかな苦みを感じさせるすっきりした味わいだった。

「……おいし」

「良かったです~私のオススメなんですよ~」

「なんていうお茶なんですか?」

「そちらは西大陸のアッツィオという国だけで作られてるベリリィアというお茶です~標高が高い地域だけで採れるんですよ~」

「アッツィオの、ベリリィア……」

名前だけでは全く何も想像できないが、標高が高い地域から採れる、という解説がなんとなくロマンを感じさせるし、とにかく美味《おい》しいのでベリリィアが好みに合うお茶なのだということだけ理解すればいいと思った。

よくよく考えれば千穂《ちほ》だって、アールグレイやダージリンやブラックティーといった紅茶の味や種類の違いは知っていても、じゃあそれぞれがどういうお茶でどういう違いがあるのかを口で説明しろと言われると不可能である。

緑茶とウーロン茶と紅茶が実は同一の茶葉から作られているという話も聞いたことがあるが、詳しい製法や理屈は知らない。

今は、とにかく美味《おい》しいならそれでいい。

そもそも異世界の料理なのだし、それでいいと考える千穂《ちほ》の前に、今度は見慣れたものが差し出された。

見た目は少し細長いバターロールのようなパンが小皿に二つ。

香りはなんとなくだがフランスパンのトーストのような感じだ。

「ニホンではパンと言いますが〜、今日はこちらの呼び方に従いディールブと案内させていただきますね〜。西大陸の混合麦を使った宮廷でも供されているパンです〜」

「王室御用達《ごようたし》、みたいなやつですね。この、赤い粉はなんなんですか？」

不思議なのは、小皿の隅に振られた赤い粉末だった。

「そちらは乾燥させて炒《い》ったギデの実を粉末にしたものです〜」

「ギデの実」

「はい～ギデの実～」

クコの実のようなものだろうか、と思っていると、エメラダから注釈が入る。

「最初はディールブをそのままで～、次はその粉を軽くつけてから召し上がってみてくださいい～」

話に従って千穂《ちほ》は、西大陸のパン＝ディールブを手に取る。

「ん……」

一口食べた感想は、麦の酸味が強い黒パンといったイメージだった。

個人的にはあまり好みのパンではなかったが、エメラダに従ってギデの実の粉末を軽くつけてから食べた次の一口で、

「んっ？　ごふっ」

千穂《ちほ》は噎《む》せた。

ギデの実とやらの粉末が想像以上に微細で、吸い込んだ勢いで気管に入り込んでしまったのだ。

「だ、だいじょうぶですか～？」

「す、すいまぜ、だ、だいじょぶでふ、えふっ、えふっ」

ベリリィアのお茶を飲み直してなんとか落ち着く千穂《ちほ》。

未知の料理や食材と接する上での洗礼のようなものを初めて受け、咳《せき》を落ちつけながら、改めて千穂《ちほ》は覚悟を決める。

ちなみに問題のギデの実だが、酸味の強い黒パンにつけると、胡椒《こしょう》の香りが強いベーコンのような味が加わる不思議な調味料だった。

確かにバランスは良くなったし不思議な粉だとは思ったが、これより美味《おい》しいパンは笹塚《ささづか》の商店街のパン屋にいくらでも売っているだろう。

「別名『魔女の粉』と呼ばれる調味料なんですよ〜。特にディールブと合わさったときの変化は劇的です〜。粉単体だと、無味無臭なんですが」

「へぇ……あ、ほんとだ」

あまりお行儀の良いことではないが、軽く指で粉を掬《すく》って舐《な》めて見ると、千穂《ちほ》の味覚では甘くない黄な粉の味がした。

つける量でどれほど味が変わるのか、ディールブを千切って粉と合わせてなんとなくつまんでいると、いつの間にかエメラダが次の料理を持ってきていた。

「次はスープですよ〜」

半分ほど残ってしまったディールブは、スープと一緒に食べようかと思っていたが、

「わ」

出されたスープ皿は、真夏の向日葵《ひまわり》を思わせるような、目に痛いほどの真っ黄色のスープで

満たされていた。

「げ、原色……こ、これは？」

これほど明るい原色の黄色は、千穂《ちほ》の知る食材ではレモンかグレープフルーツの皮くらいしか思い当たらない。

とはいえ香りは野菜や鶏《とり》を煮込んだような、千穂《ちほ》の知るスープと変わらないものだった。

「赤シダールのバシールです～」

「……赤？　シダール？　バシール？」

真っ黄色なのに赤とはこれいかに。

頭に大量の「？」を浮かべている千穂《ちほ》に、とにかくまずは飲んでみろと促すエメラダ。

添えられたスプーンを恐る恐る手に取り、余り匂いを感じないスープを掬《すく》ってみると、

「あ」

黄色のスープの中から、トマトのように赤く四角い何かが顔を見せた。

「…………これが、赤シダール？」

トマトと違うのは、どうやらシダールに根菜らしい固さがあるということ。

ままよとばかりに一気に口に入れた千穂《ちほ》は、かっと目を見開いた。

「な、なんだか分からないけど、でも美味《おい》しい」

野菜的な甘みの中に、魚醬《ぎょしょう》を思わせる塩気がかすかに隠れている。

そして赤シダールらしきさいの目切りの根菜が、まるで鶏《とり》で出汁《だし》を取ったスープのようなジューシーさを感じさせる。

「東大陸の砂漠地帯にのみ生える赤シダールの皮を剝《む》いて～、ダシを取ったスープに一晩漬けておくと～、ぎゅっと身の中にスープを吸い取っちゃうんですよ～」

「で、でも全然しょっぱくないですよ⁉」

「それが不思議なんですよ～。ちなみに黄色いスープがバシールと言って～、日本で言うところのかぼちゃのポタージュのようなものです～」

赤シダールは、明らかに日本で日常的には存在しない『モノ』である。

モノ、としか表現できないのは『砂漠に生える』という情報しか与えられていないため、植物であろうということしか推測できないからだ。

また一口に砂漠と言っても色々あるので、無理な想像はやめることにした。

千穂《ちほ》は色々な味わい方をしてみようと赤シダールだけ口に入れてみたり、逆にスープだけ飲んでみたりと、あまり行儀がいいとは言えないものの試行錯誤する。

そして結果、とりあえずディールブとギデの実の組み合わせよりは圧倒的に『美味《おい》しい』と思える味だったと結論づけた。

そうして赤シダールのバシールが残り少なくなった頃、

「次はオードブルだ」

鈴乃《すずの》が、厨房《ちゆうぼう》の方から現れた。

長方形の皿に、京都のおばんざいを思わせるような盛り方で、三種類の『何か』が盛られていた。

「左から、北大陸のガクーラ・ジッキ。西大陸のベリルコッコ・パドゥー、同じく西大陸の有名な創作料理クルオ・クルラだ」

「…………………」

千穂《ちほ》は目を点にしながら、鈴乃《すずの》と皿を何度も交互に見た。

「……あの」

「ガクーラ・ジッキ、ベリルコッコ・パドゥー、クルオ・クルラだ」

「……はい」

分からない、と言いたかったのだが、とにかく食べてくれという鈴乃《すずの》の笑顔に耐えきれず、千穂《ちほ》は素直に皿に向き合った。

一見してガクーラ・ジッキは何かの燻製《くんせい》。

ベリルコッコ・パドゥーは野菜らしき何か。

クルオ・クルラは、一見するとローストビーフのようにも見える、なんらかの物体をスライスしたものだ。

どれも冷菜のようで、軽く顔を近づけた程度では匂いがほとんど感じ取れない。

千穂《ちほ》は、こんなに『何か』まみれの皿を見たことが無かった。

が、これも新しい料理との出会いだ。

「本当はそれぞれ作法があるのだが、千穂《ちほ》殿にはこれを」

千穂《ちほ》は、鈴乃《すずの》が日本から持ってきたらしい割り箸を受け取ると、決意を込めて割り、まずは
ガクーラ・ジッキとやらに手をつけた。

「あ！　美味《おい》しい！」

このコースで、初めて心からの純粋な『美味《おい》しい』が飛び出した。

ガクーラ・ジッキは一見分厚いビーフジャーキーなのに、とても柔らかい歯触りの後には、
優しい味わいの肉汁が溢《あふ》れ出すのだ。

「やはり千穂《ちほ》さんには、北大陸の料理が合っているんですかね～」

「いいえ、これはお婆《ばあ》ちゃんの所でも食べたことが無いです。凄《すご》く美味《おい》しい！」

「口に合ってほっとした。それじゃあ私はメインの仕上げに取りかかるから」

そう言って鈴乃《すずの》が去っていったのを見てから、千穂《ちほ》は二品目を箸で掬《すく》う。

「こっちは…………」

「あれ～？」

「…………」

そして二品目を口に入れた瞬間、千穂《ちほ》の動きが止まる。

「ち、千穂《ちほ》さ〜ん？」

「…………………えべらだひゃん」

「……は、はい〜？」

「すいまへん……わらひ、これむりでふ……からい」

「あっ！　ま、まさか〜！」

ベリルコッコ・パドゥーは酢漬けされた豆の莢《さや》なのだが、季節によってごく稀《まれ》に、尋常ではない辛味《からみ》を蓄えるものがあるのだ。

「ち、千穂《ちほ》さんお茶！　お茶を！」

「なんだ、どうした？」

「あ！　ルーマックさん！　ベリルコッコ・パドゥーで辛《から》いのに当たっちゃったみたいで！」

「ああ、苦手だったか？　その皿の三品は私が選んだものなんだ」

「ちょっと⁉　分かっててやったんですか？」

「あふう……舌が……ひびれる……」

ベリリィアのお茶を口の中で転がしながら涙目になる千穂《ちほ》だったが、ルーマックは涼しい顔で、

「それがいいんだそれが。次のを食べたら、きっとやみつきになるぞ」

などとのたまう。

「……ふえ〜？」

千穂《ちほ》は涙目になりながら、誘われるように三品目のクルオ・クルラを口に入れると……。

「あ、あれぇ？」

「だ、大丈夫ですか〜？」

「は、はい……なんか、辛味《からみ》が、消えた……不思議……」

クルオ・クルラは見た目に反し、生の岩牡蠣《いわがき》もかくやというほどクリーミーな舌触りだった。

ただそれ以上に不思議なのは、ベリルコッコ・パドゥーによってもたらされた麻痺《まひ》にも似た辛味《からみ》が、さらりと消えてしまったことだ。

「それがな、クセになるんだ。酒のアテとしては最高でな」

「……千穂《ちほ》さんはお酒飲まないって言ってるじゃないですか〜」

「いやでも、酒を飲まなくても美味《うま》いからな、私のイチオシで……」

「あはは……その、単体だと……なんだか貝のお刺身か佃煮《つくだに》みたいで、美味《おい》しいです……」

辛味《からみ》が一瞬で消えたのはありがたいが、できるなら千穂《ちほ》はクルオ・クルラだけをちびちびとつまみたかったと思った。

「ガクーラ・ジッキは、北大陸のある氏族に伝わる伝統料理で、ガクーラの肉を加工したものだ。ベリルコッコ・パドゥーは豆莢《まめさや》だが、その辛味あってこそだな。クルオ・クルラは中央大陸の西側にある湖周辺で取れるバザ貝をスライスして発酵させたものだ」

「……ガクーラの肉に、バザ貝」

ついには解説の中にすら謎の食材名が入りはじめた。

とはいえ、三品とも一応、千穂《ちほ》が理解できる味ではあった。

ベリルコッコ・パドゥーも、父が辛《から》すぎるし唐を好んで食べているのを知っているので、好きな人間がいるのは理解できる。

千穂《ちほ》が理解できる感覚で代弁するなら、残ったラーメンのスープとお冷《ひや》を、いつまでも交互に飲んでしまう感覚に近いのではないだろうか。

「やれやれ……すまないな千穂《ちほ》殿。ベリルコッコ・パドゥーはさすがに無理だと言ったんだがルーマック将軍がどうしてもと言い張って聞かなくてな」

そこに、厨房《ちゅうぼう》から顔だけ覗《のぞ》かせた鈴乃《すずの》が軽く手を切って詫《わ》びた。

「いえ……これもある意味、異文化コミニュケーションですから……予告は、欲しかったかもですけど」

「すまない。だが次は私も自信を持っておすすめするメインディッシュだ」

すると鈴乃《すずの》は厨房《ちゅうぼう》に戻る。

エメラダとルーマックはそれを見てから、それぞれ千穂《ちほ》の隣の席に着いた。

「ここからは私達もご一緒しますね～。メインディッシュは何にするかモメたんですが～ベルさんがどうしても食べてほしいものがあるって言って～」

「……は、はあ」

ルーマックが自信を持って推してきたものの衝撃から立ち直れない千穂《ちほ》は一瞬不安になる。

材料に何が使われているかさっぱり分からない、というところも不安を助長するが、とはいえスープやガクーラ・ジッキは美味《おい》しかったので、なんだかギャンブルじみてきている食卓にスリルのようなものを感じてもいる。

「私って、結構冒険家なのかも……」

千穂《ちほ》がそう呟《つぶや》きながら、なんとなく厨房《ちゆうぼう》に目をやるが、まだ鈴乃《すずの》が出てくる様子は無い。

「少し時間がかかりそうですね～。お茶のおかわりいかがですか～」

「あ、じゃ、じゃあ」

テーブルに置かれたままのティーポットから新たにお茶を注ごうとして、

「あれっ⁉」

出てきた液体の色に、千穂《ちほ》は目を剝《む》く。

先ほどまで薄い黄色だったはずのベリリィアのお茶が、なぜか紅茶のような赤色に変わっているのだ。

「おお、丁度いい頃合いだな」

「な、何がですか⁉」

ルーマックが自分のカップにも嬉々《きき》としてっ真っ赤な茶を注ぐのを見て、千穂《ちほ》は驚く。

「ベリリィアはこのタイミングが一番美味《おい》しいって言われているんです～。赤く色が変わったら飲み頃なんですよ～」

「そ、そうなんですか」

黄色に深みが出るのではなく、黄色が赤に変わるとは一体どういうことなのか、恐らくエメラダは答えてくれまい。

観念して一口含むと、

「……あ」

どうしたことか、まるでウーロン茶のように口の中の油を浚《さら》い、爽やかな酸味が広がった。

ベリルコッコ・パドゥーの辛味も完全に洗い流され、同時に、またむくむくと食欲が湧いてくる。

「まだまだ、入りますよね～？」

その効果が分かっていたかのようにエメラダに問いかけられ、千穂《ちほ》は曖昧な笑顔で頷《うなず》く。

そこに丁度、鈴乃《すずの》が大きなワゴンを押して現れた。

シルバープレートにカバーがかけられた中からは、何かが煮立つような音が聞こえる。

もう何が出てきても驚かない、と思いつつ身構えた千穂《ちほ》の目の前でカバーが厳かに取り払われた。

「……あ、美味《おい》しそう」

初めて、ぱっと見でなんだか分かるものだった。

どう見ても、分厚いステーキだ。

不思議なのはミディアム・レア程度に焼かれているステーキが厚みの半分くらいスープらしきものに浸《つ》かっていることだが、香ってくるのは玉ねぎをベースにしたソースの匂いと思われたし、湯気の中で振りかけられるのは、胡椒《こしょう》以外の何ものでもない。

「切り分けるから、少し待っていてくれ」

鈴乃《すずの》はそう言うと、深さのある皿を千穂《ちほ》とエメラダの前に置き、そこにステーキとスープ、そしてスープに入った野菜類を手際《てぎわ》良く取り分けていく。

ベリリィア二番茶のおかげで食欲が湧いていた千穂《ちほ》は、ナイフとフォークを手に取り、目で許可を求める。

「別添えのソースは好みでスープに溶かす。さあ、どうぞ召し上がれ」

鈴乃《すずの》の合図で千穂《ちほ》は早速スープステーキに取りかかり、エメラダもそれに倣《なら》う。

フォークもナイフも、まるでメレンゲに突き立てたかのように柔らかく肉に入り、切れ目からはまた芳醇《ほうじゅん》な肉の香りが漂う。

「なるほど～これはベルさんが言うだけありますね～」

エメラダは納得したように頷《うなず》き、ルーマックも同意した。

「全くだ。まさかアレがこのような料理になろうとは」

「……っ」

一切れ口に運ぼうとしていた千穂《ちほ》は、ルーマックの不穏な一言に、一瞬だけ動きが止まる。

そうだ。

一見牛ステーキがコンソメのスープに浸《つ》かっただけのように見えるが、これまでさんざん訳の分からないものが出てきたのだから、これも単なる牛ステーキであるはずがない。

だから、これが一体なんの肉なのか、と問おうとしたが……。

「お……おいひい…………っ！」

肉の香りが、それを許してくれなかった。

気がつけば千穂《ちほ》は肉を口に入れており、そしてその瞬間、フォークもナイフも止まらなくなってしまう。

柔らかく、淡く、甘く、豊かな肉。

こんがり焼かれた表面の香りがレア部分の甘みを極限まで際立《きわだ》たせ、スープと溶かしたソース、胡椒《こしょう》が肉汁と絶妙に絡《から》まって、一気に皿ごと抱えて飲み干したい衝動に駆られる。

野趣に富みながらその奥深くに繊細で上品な味わいが隠れており、もしこれが本当に牛肉のステーキなのだとしたら、もう適当な肉では満足できない体になってしまいそうだ。

「……ふはああっ！」

夢中で食べていた千穂《ちほ》とエメラダは、額と鼻の頭に汗をかいていた。

「いくらでも食べられますね～!!」

「こんなに美味《おい》しいステーキ食べたことないですっ！」

肉汁と脂の甘みが強いのに、胃にまったくもたれないどころか、薬膳料理を食べたかのように体が軽やかになった気さえする。

「どうだった」

「鈴乃《すずの》さん！　すっごいです！　これすっごく美味《おい》しいです！」

「信じられないくらい美味《おい》しいですね～……」

「ああ。同意する。最初は半信半疑だったが、これは本当に美味《うま》い」

三人ともスープまで完全に飲み干しており、鈴乃《すずの》は満足そうに腕を組む。

「これは南大陸のヴァシュラーマという国の伝統料理でな」

「最初はそれを聞いて心底不安でした～」

千穂《ちほ》は、エメラダが一瞬だけ遠い目をしたことに気づかなかった。

国の名も、聞いたことがあるような気がしたが、結局思い出せなかった。

「普通は肉をただ焼いて食べるだけなんだが、年に何度かだけ、こうして現地で取れる岩塩をベースにしたスープに浸して食べる日があるんだ。地域によって微妙に呼び方は異なるが、デルギン・グ・ザという名が通りがいいな」

「デルギン・グ・ザ」

「無理矢理日本語に訳すと……そうだな、黒き川の恵み、とでも言えばいいか」

なんの答えにも解説にもなっていないが、とにかく鈴乃《すずの》はこのデルギン・グ・ザを自信たっぷりに推し、その目論見《もくろみ》は見事に当たったと言って良い。

「さて、いよいよ〆《シメ》だな。ここまで千穂《ちほ》殿は食べたことの無い料理ばかり続いただろうから、ここはデルギン・グ・ザのスープを使ったおじやを用意している。東大陸のポピュラーな米を焚《た》くのだが、これがまた合うんだ」

ようやく『米』と『おじや』という理解できる単語が出てきて、安堵《あんど》と共に千穂《ちほ》の期待は高まる。

デルギン・グ・ザのスープに、米が合わないはずがない。

そう思って期待に胸を膨らませた千穂《ちほ》の前に現れたのは、先ほどの澄んだデルギン・グ・ザのスープで焚《た》かれた、真っ黒な米のおじやだった。

「く、黒……？」

「日本の白米に馴染《なじ》んでいると驚くかもしれんな。もちろん白米もあるのだが、やはりデルギン・グ・ザにはこのホングォ米しかない」

よそわれた器から匙《さじ》で掬《すく》ってみると、どうやらこのホングォ米という謎の米は、黒というよりは小豆のような赤茶けた色だったようで、スープにコメの色が移り、うっすら色が変わっている。

だが、ここまで来て鈴乃《すずの》が千穂《ちほ》を裏切るはずもない。

勇気を出して一口食べたデルギン・グ・ザのホングォ米おじやは、たっぷりと肉汁が染《し》み出したスープに薫香《くんこう》という新たな要素を加え、舌が灼《や》けるほどに熱されているのに、火傷《やけど》覚悟でも匙《さじ》が止まらなくなるほどであった。

「ふぁあああ〜〜〜〜」

全てを食べきった千穂《ちほ》は、頬を紅潮させながら大きくため息を吐いて脱力する。

「美味《おい》しかったあああ………」

「満足してもらえて何よりだ。さすがにいつも一緒に食事をしているだけあって、ベルの狙いは大当たりだな」

隣では、今度は色が赤から緑に変わったベリリィアを飲むルーマックが満足げに頷《うなず》いていた。

「だがもし酒が飲める年齢になったら、次はベリルコッコ・パドゥーにまた挑戦してくれ。食いっぷりを見ていて気持ちが良かった。きっとチホ殿は、良い酒飲みになる」

「はは……どうでしょうねー」

これまで特に酒に興味を持ったことは無かったが、これほどのカルチャーショックを受けると、むしろエンテ・イスラの酒に興味が湧いてくる。

とはいえ、高校生の身では如何《いか》に異世界とはいえ隠れて飲酒をするような千穂《ちほ》ではないので、

「神討ちが終わって、もし私がまだエンテ・イスラに来られたら、是非」

そう答えるに留《とど》めておいた。

「ああ、約束だ」

ルーマックも、その言葉に込められた真意が分からないほど鈍くはない。

「ああ……でも本当に美味《おい》しかったなぁ……日本じゃさすがに同じ味を作ろうと思っても無理だろうなぁ……」

「機会があれば、またご馳走《ちそう》しよう。他にもこちらには、美味《うま》いものが沢山あるからな」

「私としては～ルーマックさんには是非ニホンのカイテンズシを食べてほしいですね～」

「カイテンズシ？」

「マグロとかアジとかコハダとかカツオとかサンマとか美味《おい》しいですよ～」

「なんだそれは？　なんの呪文だ？」

お腹《なか》いっぱいで気分がいいのか、エメラダが挙げた魚の名に、ルーマックは冗談で返す。

だがこんなタイミングになって、千穂《ちほ》はふと気づいた。

「……あ、そうか」

「どうした？」

「……いえ……もしかして……ううん、私、見落としてましたけど……」

寿司《すし》を知ってる者なら日本人でなくても知っている魚の名。

だが、日本に来たことの無いルーマックには、それらの名は謎の呪文に聞こえる。

「……言葉って……知るって、大切だな」

千穂《ちほ》は、いっぱいになったお腹《なか》をさすりながら、ふとそう思う。

「そうだ。ついまったりしてしまったが、最後にデザートがあるんだった」

「わっ！　デザートですか？」

「やった〜！　モノはなんですか〜？」

「ああ。千穂《ちほ》殿にはピンと来ないかもしれないが、ルーマック将軍がな、なんと最高級のピルギーを手に入れてくれたんだ」

「えええ〜⁉　ピルギーですか〜⁉　よくこの時期に手に入りましたね〜‼」

「ふっふっふ。任せろ。新鮮だぞー」

相変らずなんのことだか分からないが、鈴乃《すずの》とエメラダの反応を見ても高級な果物か何かだろうか。

「ピルギーってなんなんですか？　果物ですか？」

なのでそう尋ねると、三人は揃《そろ》って首を横に振った。

「いや、果物じゃないんだ。まぁ果物と合わせることもあるが……そうだな、無理矢理日本のもので例えるなら……饅頭《まんじゅう》みたいなもの、かな？」

「へぇ……お饅頭《まんじゅう》」

では、人気の職人が作る和菓子とか、そういうイメージだろうか。

だが、さっきルーマックは『新鮮』と言っていたような……。

「で、でも～ベルさんピルギーの調理なんてできるんですか～？　新鮮なものは暴れて調理が大変って聞きましたよ～？」

「え？　暴れる？」

千穂《ちほ》の眉が、ぴくりと動く。

「ああ……確かにな。嚙《か》みつかれるとは思わなかった」

「嚙《か》み……つか……」

唐突に不穏な気配が濃厚になる。

「それにしても、あんな形で土から生えているとは思いもしなかったな。ルーマック将軍が持ってきたときには、目を疑ったものだ」

「養殖ものの方が味はいいらしいぞ」

土から生えてる養殖もので調理の際に暴れて嚙《か》みついてくる饅頭《まんじゆう》。

「な、なん……なんだろう」

現時点で公開された情報からは、ピルギーなる物体の正体が全く推測できない。

「では、温めてあるからすぐに持ってくる。待っていてくれ」

しかもどうやらホットデザートらしい。

厨房《ちゆうぼう》に向かった鈴乃《すずの》を、千穂《ちほ》は冷や汗を流しながら見送るしかできなかった。

「うわあ～楽しみですね～！」

「問題はチホ殿の口に合うかだがなぁ。人によってはクセが強いって言う者もいるしな」

「ああ～……笠のところだけは苦手っていう人はいますね～」

「……平常心平常心」

ついには傘ときたものだ。

千穂《ちほ》は、そう言えば『饅頭《まんじゆう》怖い』という落語があるなと思い出しながら平常心を保っていたが、

「さあ、待たせたな！」

「…………え」

戻ってきた鈴乃《すずの》がトレーに載せているものを見て、千穂《ちほ》は顔を強張《こわば》らせてしまったのだった。

※

その日の夜。

日本の自宅の自室で、千穂《ちほ》はなんとなく、雑誌のエスニック料理特集をぱらぱらと眺めていた。

「ガパオ……ナシゴレン……小籠包《しようろんぽう》……ビビンパ……フォー……サモサ……ダルフライ……」

どれもこれも、今では日本で日常的に食べられるものばかりであり、なんなら千穂《ちほ》だってここに上げられたものの半分は実際に目にし、食べたことがある。

普通に生きる分には、それだけでなんの問題も無い。

だが今日千穂《ちほ》は、鈴乃《すずの》達が出してくれる料理の数々を、訳が分からないと思いながら食べ続けていた。

それ自体は仕方の無いことなのだが、ふと、日頃食べているものをどれほど『訳が分かって』食べているのか気になったのだ。

そして、こうして雑誌の特集で当たり前にあげられる代表的なメニューすら、そもそもどうやって作るのか、材料がなんなのか、そらでは答えられもしなければ知ろうともしなかったことに気づく。

ナシゴレンは、インドネシアの焼き飯料理だが、初めて聞いたときには果物か何かだと勝手に思っていた。

今は焼き飯料理だと分かっていても、なんらかの卵料理がついているのがスタンダードであることは今の今まで知らなかった。

インドカレー屋ではメジャーなダルフライだが、主にヒヨコマメが使われていることを知っていてもじゃあ「フライ」はなんなのかと聞かれると分からないし、それ以前に「ヒヨコマメ」がどんな状態で生産されているのか、全く知らない。

韓国料理のビビンパも、言語的には「ビビン」と「パム」で混ぜ飯、という意味になることを初めて知ったたし、甜麺醤《てんめんじゃん》や豆板醤《とうばんじゃん》の原材料や、ナムルに使われている野菜がなんなのかも知らない。

小籠包《しょうろんぽう》は、日本人的な感覚では餃子《ぎょうざ》やシュウマイの親戚程度の認識でしかなかったが、地域によっては主食扱いされるようで、日本のようにラーメンやご飯のような主食に合わせて食べるものではないという。

こうして見ると、自分は随分色々なものを、それがなんなのか根本的には理解せずに食べていることに気づき、そしてそれで別に問題が起こっていないことにも気づいた。

「でも……折角美味《おい》しいものも色々知ったんだし……知れるなら、知りたいな」

ガパオに乗っている大きなハーブは、本場ではホーリーバジルというものを使うらしい。

フォーは日本のラーメンのように、南北に長く山岳地帯が多いベトナムでは地域性が際立《きわだ》って色濃く出る料理なのだそうだ。

サモサは大抵のインド料理店では手でつまむコロッケのような扱いをされているが、地域によってはスープに浸す場合もあるらしい。

またこれらの民族料理も、日本で供される場合には日本の食材を使うことも多く、また必ずしも現地の人が料理しているとは限らないため、日本特有の変化を起こしているものもあるようだ。

「そういえばカレーライスがそうだって聞いたことあるし……逆に、お寿司《すし》とか外国で色々変わってるんだもんね」

カリフォルニアロールなどは、まさにその代表例だろう。

なんとなく、雑誌のエスニック料理を眺めながら、千穂《ちほ》は今日食べた色々なエンテ・イスラ料理を思い出す。

お茶を除けば、原型を想像できる食材は皆無だった。

だが、恐らくそれは単に千穂《ちほ》が無理解だっただけで、内容を知ってしまえばなんてことはない、エンテ・イスラでは当たり前の食材なのだろう。

思えば最初の頃は、ルーマックも味噌汁《みそしる》を、濁った薄気味悪いスープだと言っていたのを思い出した。

「……今度は、向こうの食材を使って料理させてもらいたいな」

今日自分が得た感動を、再現してみたい。

鈴乃《すずの》が日頃、日本の食材で日本で食べられるものばかり作るので失念していたが、元々ヴィラ・ローザ笹塚《ささづか》に集まる者達は、エンテ・イスラからやってきたのだ。

「故郷の味……って、大事だよね」

神討ちの戦いの後の、千穂《ちほ》の望み。

それを叶《かな》えるために、今日のこの経験と、未知の食材を知りたいというこの想《おも》いは、不可欠だという気がしてくる。

「まだまだ知りたいことばっかりだなぁ……こんなんで私、受験勉強に身が入るのかな」

食は、生命の基本。

それは地球もエンテ・イスラも変わらない。

「真奥《まおう》さん達よりずっと贅沢《ぜいたく》してるけど……でも、きっとこうやって、真奥《まおう》さん達も少しずつ日本に馴染《なじ》んでいったんだよなぁ……」

部屋の窓から見上げる東京の夜空には、ほとんど星は見えない。

だが、その夜空を突き抜けた遥《はる》か先の宇宙のどこかにあるエンテ・イスラという世界に、千《ち》穂《ほ》は改めて思いを馳《は》せる。

「世界って、広いなぁ」

※

翌日、出勤してきた千《ち》穂《ほ》に、恵美《えみ》は恐る恐る尋ねる。

「それで、結局どうだったの？　食事会」

「美味《おい》しいもの、珍しいもの、びっくりしたもの、本当に色々でした。新鮮な経験でしたよ」

「そっか。満足できたみたいで良かったわね」

千穂《ちほ》の感想に、恵美《えみ》はほっと胸をなで下ろした。

どうやらキワモノの類《たぐい》は出なかったようで、千穂《ちほ》の笑顔を見ても本心からの感想であることがありありと分かる。

なので、恵美《えみ》は軽い気持ちで尋ねてしまった。

「どんなの食べたの？」

「色が変わるお茶とか、不思議なスープとか色々印象深かったですけど……やっぱりなんて言っても、メインディッシュのデルギン・グ・ザですね！」

「デルギン・グ・ザ？」

千穂《ちほ》の口から飛び出てきたのは、恵美《えみ》も聞いたことの無い料理だった。

「知りませんか？」

「私、もともと西大陸の田舎の出だし、魔王討伐の旅の間ではグルメ旅ってわけにもいかなかったから、西大陸の料理以外はあんまり知らないのよ」

「そうだったんですか……ええと、鈴乃《すずの》さんは南大陸の料理だって言ってました」

「どんな料理なの？　お肉？　お魚？」

「肉料理です。分厚いステーキを、透明なスープに浸したような感じの見た目なんですけど、もうこのお肉とスープが絶品で」

「へぇ」

「なんだったっけな。鈴乃《すずの》さんはヴァシュラーマっていう国の伝統料理だって言って……」

「え」

その瞬間、恵美《えみ》が凝固する。

「……遊佐《ゆさ》さん？　どうしたんですか？」

「今……ヴァシュラーマって、言った？」

「え？　はい」

「……その肉、なんの肉だか聞いた？」

「いいえ。でも牛肉っぽい感じでした。もう一回食べたいなぁ」

「あの……それ、エメも食べたのかしら」

「ええ、食べてましたよ？」

「そ、そうなの？」

「あ、でもエメラダさんより、ルーマックさんがちょっと変なこと言ってました。『まさかあれがこんな料理になるとは』みたいなこと」

「……」

恵美《えみ》は、その瞬間全てを察する。

「エメは……克服できたんだ……」

「え？　何がですか？」

「……ううん、なんでも……ところでその、デルギ、なんとかって、どういう意味か聞いた？」

「ええと、黒い川の恵みとかなんとか」

「……そう」

恵美《えみ》は乾いた笑みを浮かべて、それ以上デルギン・グ・ザについて聞くのをやめた。

聞いてしまうと、トラウマが掘り起こされそうな気がしたからだ。

「あーでも、実はデザートが駄目でした」

「え？　デザートが？」

「はい……もの凄《すご》く高級品らしかったんですけど、見た目がダメで……」

「見た目……見た目で？　もしかして、ピルギーかしら」

言い当てられて、千穂《ちほ》は驚く。

「どうして分かったんですか!?」

「日本の人が見た目で引いちゃうデザートってそれくらいしか思いつかないもの」

「そ、そんなに有名なんですね」

「でもあれ、日本の感覚でも凄《すご》く美味《おい》しいのよ」

「えっ!?」

千穂《ちほ》は目を見開いて驚く。

「あ、あ、あの、私にはあの、なんか気持ち悪い大きな緑色のイカにしか見えなかったんですけど！」

結局あのとき、千穂《ちほ》はデザートだけは全く手をつけられなかった。

有体《ありてい》にいって、見た目が食べ物だとは思えなかったのだ。

それを告げると、恵美《えみ》は苦笑して言う。

「分かるわー……でもあれ、実は野菜なのよ」

「嘘《うそ》ですよね!?　暴れるし嚙《か》みつくって……！」

「皮に包丁が通りにくくて慣れない内はまな板の上ですごくコロコロ転がる上に、ナスの棘《とげ》みたいなのがあちこちに生えてて、よく手を切っちゃうって聞いたことあるわ」

「そういう意味なんですか!?　でもあの見た目……」

「足みたいに見えるの、根っこ。目玉みたいに見えるの、熟した種」

「ええっ!?」

「烏賊《いか》が半分だけになったような姿だけど、あれで畑から取れるの。それを蒸し焼きにすると中の果肉がケーキみたいに層になって分離して、いろんな食感が楽しめるの。味はちょっとしたメロンなんかよりずっと甘くてすっきりする味よ」

「ええ〜……私、もうお腹《なか》いっぱいだって言って、エメラダさんにあげちゃったんですよ〜」

千穂《ちほ》は半信半疑の顔をしている。

「残念だったわね」

「こ、今度は遊佐《ゆさ》さんも一緒に食べましょうよ！　遊佐《ゆさ》さんが知ってるエンテ・イスラのお料理、教えてください！　あの、できればもうちょっと初心者向け多めで……」

「いいわよ。機会があったらね。あ、でも」

「え？」

そして無邪気にそう誘ってくる千穂《ちほ》に、

「できれば、私はデルギン・グ・ザ以外でお願いね……あはは」

そう答えることしかできなかった。

恵美《えみ》にとっては、ピルギーよりも、デルギン・グ・ザの方がよほど恐ろしいのだ。

そして、そのデルギン・グ・ザの肉の正体については、自分達が日本食に馴染《なじ》んでいるレベルで千穂《ちほ》がエンテ・イスラの食事に馴染《なじ》むまでは決して知らせるまい。

恵美《えみ》はそう、固く心に誓ったのだった。

魔王、飯のタネを得る

「いただきます」

「うす、いただきます」

カジュアルコタツで真奥《まおう》は、リヴィクォッコの巨体と向かい合う。

今日のテーブル上には、リヴィクォッコ謹製、モダン焼きの載った大皿が。

最初の一言以降、無言のまま食が進むが……。

「ごっそさん」

先に箸を置いたのは真奥《まおう》だった。

それを見てリヴィクォッコが軽く眉を上げる。

「魔王様、食欲ないんすか」

「え？」

「いや、あんまり召し上がってなさそうだったんで」

「ええ？　いやぁ結構食ったぞ」

真奥《まおう》はそう言うと、大皿の上を見る。

モダン焼きとは、ヤキソバが混ざったお好み焼きのことである。

店によっては『広島風お好み焼き』などと呼ばれたりもするが、とにかくソース味の粉物の一種であることには変わりない。

時刻は朝。

真奥《まおう》はあと十五分ほどで出勤しなければならないが、朝食としてちょっとした車のハンドルほどもあるお好み焼きを半分も食べたら十分健啖《けんたん》家と言えるだろう。

「お前こそ朝からそんなに食って腹壊さねぇの」

「こんくらい食わないと、昼までもたないんすよ」

「俺なら夕方まで何もいらなくなりそうな量なんだがな。ちょっと前まで食事の習慣が無かった悪魔とは思えねぇな」

「ひょっとこソースってのが無ければ、こうはなってなかったかもしれねえです」

リヴィクォッコの正体はごく最近まで食事をする習慣の無かったエンテ・イスラの魔界の悪魔である。

大勢の人間と関わる過程でなんの因果か真奥《まおう》と同じマグロナルド幡《はた》ヶ谷《がや》駅前店に勤務することになり、神討ちの戦いの下準備のためにエンテ・イスラに常駐するようになってしまった芦《あし》屋《や》と漆原《うるしはら》に代わって、真奥《まおう》と同居するようになった。

同居にあたり、慣れないながらも主のためにと家事を引き受けたリヴィクォッコだったが、残念ながら総合力においてはあの芦屋《あしや》四郎《しろう》に敵《かな》うはずもない。

掃除洗濯はともかく、料理は俄然《がぜん》シンプルなものが多くなり、一頃は焼きそばだけで一週間過ごしたこともあったほどだ。

そんなリヴィクォッコが焼きそばのクォリティ向上を模索する中で、出会ってしまったのが

『ひょっとこソース・中濃』である。

リヴィクォッコが真実『食』の楽しみに目覚めた瞬間を、真奥《まおう》はその目で見ていた。

焼きそばに飽きた真奥《まおう》が、何かのはずみで閉店間際《まぎわ》のスーパーから値下げされていたアジフライを買ってきたときのこと。

アジフライなら五個くらい食べないと腹にたまらなそうなリヴィクォッコだったが、主が買ってきたものに文句をつけるようなことは無く、たまたまそれまで使うことの無かった冷蔵庫の中のひょっとこソースを手に取った。

それまでの焼きそばは全て、袋めんに入っている粉末ソースだけで済ませていたリヴィクォッコが、ひょっとこソースをかけたアジフライを一口齧《かじ》った瞬間だった。

「うめえええええええ!!」

腹の底から吠《ほ》えたため、真奥《まおう》は思わずびくりと体を震わせたものだ。

「ま、魔王様！　なんですかこれは！　焼きそばのソースとぜんっぜん違いますよ！」

「え？　い、いや、普通のソースだぞ。芦屋《あしや》は焼きそば作るときには粉末とそれを半々くらいで使ってた気が……」

「うおおお！　それは気づかなかった！　そんなやり方があったんすね！　次からは俺、このひょっとこ使います！　うめええ！　なんか米もうめええ！」

それからというものリヴィクォッコは、それこそデジタルデバイスに疎《うと》ければ日本語もまだ満足に読めないのに、如何《いか》なる方法でかソースを使う料理ばかり覚えはじめたのだ。

以来真奥《まおう》は、リヴィクォッコが食事を用意するときには毎日祭の屋台飯ばかり食べることになるのだが、計算してみたところ真奥《まおう》の三倍近い量を食べるリヴィクォッコにその勢いでコメを消費されるよりは、粉物の方がわずかながら安上がりだという事実が判明。

真奥《まおう》も別に嫌いではないので、以降はそういった食卓が続いているのだが、この日の朝のように、見ただけで満腹になりそうな量が出てくるのは未《いま》だに慣れない。

「まぁ、少しは野菜とか魚も食おうぜ」

「ここんとこ野菜高いじゃないすか。食っても腹に溜《た》まらねぇし味薄いし俺は肉がいいっす」

「芦屋《あしや》と漆原《うるしはら》が合体したようなこと言うなよ」

「その点マグロナルドは何食っても美味《うま》いっすね。野菜の中でも芋はイケますね」

日本に住むようになる前から、リヴィクォッコは千穂《ちほ》の手料理などを少しは口にしているはずだが、こうして聞いていると食の好みは漆原《うるしはら》寄りのようだ。

ジャンク好みと言ってもいいかもしれない。

真奥《まおう》はそういった濃い味以外にも色々美味《うま》いものがあることを知っているので教えてやりたいのはやまやまなのだが、真奥《まおう》も料理ができないわけではないにしろ芦屋《あしや》や千穂《ちほ》や鈴乃《すずの》ほど精通しているわけではなく、リヴィクォッコに外食させたら出費が手痛いことになりそうなので、未《いま》だにその計画は遂行されていない。

「あー、でも、お前はホルモン焼きの美味《うま》さを理解してくれそうだな」

「なんすかそれ」

「そのうち行こうぜ。家じゃなくて外で食うものだから」

「うす。あ、皿はそのままにしといてください。俺の方が出勤遅いから、洗っときますんで」

まだお好み焼きを食べ続けているリヴィクォッコをしり目に、真奥《まおう》は手を上げて了承を示し、出勤の準備を始める。

「じゃ、後でな……うっぷ」

「うす、いってらっしゃい」

靴を履こうとしてかがみ込んだ真奥《まおう》は、やはり食べすぎたのか軽くげっぷをしてしまう。

特に気にした様子の無いリヴィクォッコは口をもごもごさせながら、真奥《まおう》を見送りに玄関まで立つ。

「鍵頼むわ」

「うす」

真奥《まおう》は玄関のドアを閉め、共用階段を下り、止めてあるデュラハン弐號《にごう》に跨《また》がった。

「うー、やっぱ食いすぎた。眠くなってきた」

言いながらペダルを踏み込むと、街の風が霞《かすみ》のような眠気をなんとか弾《はじ》き飛《と》ばしてくれた。

「あー……でもまぁ、贅沢《ぜいたく》なこと言うようになったもんだな。食いすぎたってか」

真奥《まおう》は苦笑する。

「あれが美味《うま》いとかこれは苦手だとか、適当ぶっこいて身構えずに飯食えるようになっただけでもめっけもんだよなぁ、実際」

前方の赤信号の交差点を見つけて、真奥《まおう》はブレーキをかける。

そこは、約一年前、恵美《えみ》と再会した交差点だ。

「……そういやあの日は、金と食材が枯渇《こかつ》したとかいって芦屋《あしや》に怒られたっけなぁ」

実際問題、安定して食事ができるようになったのは本当にここ最近の話だ。

それ以前は、毎月給料日間際《まぎわ》は食材が枯渇《こかつ》しかかつになることも多かった。

今思えば、家事万端得意な芦屋《あしや》が最後まで苦戦していたのが、料理であったように思う。

そもそも飲食の必要が無い悪魔二人が毎日三食食べなければならない状況がどれほど困難を極めたことか。

「本当に……もしマグロナルドに勤めてなかったら、今頃俺の生活どうなってたんだろ」

真奥《まおう》はふと、マグロナルド幡ヶ谷《はたがや》駅前店に勤めはじめた頃のことを、ぼんやりと思い返していた。

あれはもう、秋が深まり、冬の予感が迫ってきた頃だったと思う。

※

『炬燵《こたつ》』という名の暖房器具には『魔力』がある。

そんなことを、かつて街中で小耳に挟んだことがあった。

だが、魔王サタンこと真奥貞夫《まおうさだお》。悪魔大元帥《だいげんすい》アルシエルこと芦屋四郎《あしやしろう》。

日本にやってきて早半年、今更その『魔力』が自分達の求める『魔力』であるとは露ほども思わない。

要するに一度炬燵《こたつ》にあたったらもう出られない、そんな人間の怠惰な感情を励起させるほど効果的な暖房器具だという意味での『魔力』だ。

つまりそんなことになるくらい、日本の冬は過酷だ、ということでもある。

「必要だな！」

「不要です！」

「炬燵《こたつ》本体はあるんだ！　炬燵布団《こたつふとん》だけならなんとか！」

「炬燵布団《こたつふとん》を買うなら普通の布団《ふとん》を買うべきです！」

築六十年の木造アパート『ヴィラ・ローザ笹塚《ささづか》』二〇一号室の六畳一間で、真奥《まおう》と芦屋《あしや》は厳しい顔を向い合わせていた。

「冬の寒さは、厚着さえすればなんとかなります！　幸いもうすぐ、近所の公園で秋のフリーマーケットが開催されるとの情報を得ました！　そこでなんとか三千円で冬用衣類を可能な限り手に入れれば事足ります！」

「さ、三千円……か」

「夏のバザーの傾向を踏まえると、三千円あればコートを二着、ズボン四本まではいけます！」

「いけるか？　冬用衣類は夏物より高いだろう？」

「そこは交渉でなんとか！」

「というか、だ。芦屋《あしや》よ」

「は」

「そんなに厳しいのか？」

真奥《まおう》の質問に、芦屋《あしや》は頭蓋骨にすら皺《しわ》が寄っているかのような深さで眉根を寄せた。

「……もしかしたら、この半年間で最も厳しいかもしれません」

そう言うと、芦屋《あしや》は恐ろしく細かい字で書き込まれた大学ノートを差し出してきた。

「ち、小さいな」

「ノートもペンもただではありませんので」

芦屋《あしや》は言いながら、ノートの末尾を指さす。

「やはりこの二週間、全く仕事が無かったことが痛いです」

渋い顔で芦屋《あしや》がさし示すのは、段ボール箱の裏に手書きされたカレンダーだ。

「例の日払い業務の仲介業者が活動を停止してしまったのは本当に痛かった。あの会社は小さな事務所の割に、業界では大手だったようで、事業停止で我々が動揺している間に、他の労働者がよそに流れ、我々が入り込む隙が無くなってしまいましたし……」

真奥《まおう》と芦屋《あしや》は、日本に来てからの半年間、定期的な出勤を必要とする仕事をあまりしてこなかった。

その分、日雇い労働を斡旋《あっせん》する業者に登録して単純労働に従事してきたのだが、登録していた会社が様々な違法就労を斡旋《あっせん》していた事実が明るみに出て、業務停止に追い込まれたのだ。

登録を解除された二人は新たな働き口を求めたが、同様の雇用形態に対するお上や世間の目はかなり厳しくなりつつあった。

似たような業者は生き残ってはいるものの、最初の会社と比べ、登録しても全く仕事が無い日の方が圧倒的に多くなってしまった。

芦屋《あしや》が運良く摑《つか》んだ現場で聞いた話によると、単純に労働者が飽和状態で仕事の量が追いつかなくなった、ということらしい。

業務停止に追い込まれたのは斡旋《あっせん》業者だが、違法な就労形態を放置し依頼を出していたクライアント側にも、かなり厳しい処分が科されたことを、二人は後に図書館の新聞記事で知る。

ならばと今度は非正規でもなんでもいいから、定期的に出勤する従業員となるために活動しはじめた二人だが、これがとことんうまくいかない。

少なくとも、この一ヶ月で採用試験を受けた勤務先は、二人合わせて二十以上になるが、二人が渋い顔を突き合わせていることから分かるように、一ヶ所たりとも受からなかった。

「履歴書は、大分改善されたと思うのだがな……」

真奥《まおう》はそう言いながら、今のところ出す宛ての無い履歴書を見る。

「最初の頃は、ワイバーンに騎乗していたことや、魔界の各地を転戦したことをバカ正直に書いて、大恥をかきましたからね……」

嫌なことでも思い出したのか、芦屋《あしや》は少し唸《うな》った。

採用されない理由をいちいち解説してくれるところは少ないが、数少ない反応を分析するに、単純な社会経験値の不足と、身許《みもと》の不確かさが大きなネックになっていることは、なんとなく察せられた。

日本にやってきて最初に出会った警察官の頭の中を読んだとはいえ、全ての知識をコピーできたわけでもなく、読み取った部分にも不明な点は多い。

悪魔の二人にとって人間が支配するこの日本は、二つの意味で異世界である。

把握しなければならない情報量が膨大すぎて、気負うことなく買い物をできるようになったのは、ここ一ヶ月くらいからだ。

「まぁ、これぱっかりは嘆いていても仕方ない。根気良く挑戦し続けるしかないだろう。話を戻すが、何故《なぜ》今月に入って急に苦しくなるんだ。二人でこれほど節約してるのに」

「はい……それなのですが……」

芦屋《あしや》は、渋い顔でノートのページの最後を指さした。

そこにはこの国の文字で『やちん』と書いてあった。

「やちん……やちんとは……」

「この部屋に住まうために必要な料金です。今月からこれが発生するのです」

「こ、今月からか！」

真奥《まおう》は愕然《がくぜん》とする。

ヴィラ・ローザ笹塚《ささづか》二〇一号室は、当然だが真奥《まおう》達の持ち物ではなく、隣地に住む大家の志《し》波美輝《ばみき》から借りている。

そして、最初の契約の段階で、大家の志波美輝《しばみき》と取り交わしたある約束があった。

それは『入居後六か月までは家賃の請求はしない』こと。

そして『入居後六か月経過した後は、家賃の支払いが発生する』こと。

如何《いか》に社会常識に疎《うと》いとはいえ、半年もの間、借りたものに対する料金を払わなくて良い、というのがどれほど恵まれた状況なのか、真奥《まおう》も芦屋《あしや》もよく分かっている。

というか、二人とも日雇い労働の現場でその事実を馬鹿正直に話してしまったことがあり、それは怪しいそこは危険だと忠告してくる者や、自分にその物件を紹介しろと鬼気迫る表情で頼み込んでくる者などがいたものだ。

いずれにせよ、大家の志波《しば》は、この半年でなんとか自分の寝床の代金を稼げるようになれ、と温情を加えてくれていたのだ。

そして、もしこの温情に背いた場合……。

「「……っ」」

真奥《まおう》と芦屋《あしや》は身震いする。

大家の志波美輝《しばみき》は、一応人間だ。

魔力や聖法気《せいほうき》といった強力な力を持っている様子は微塵《みじん》も無い、日本の常識の範疇《はんちゅう》にギリギリ収まる、人間だ。

それなのに、悪魔の王と悪魔大元帥《だいげんすい》の本能が、決して逆らってはならない相手だと告げていた。

逆らえば、恐ろしい目に遭うのは自分達だと、初対面のときから確信していた。

だからこそ、この家賃に関する約束を反故《ほご》にした結果、どんな恐ろしい事態が起こるのか、まるで想像ができなくて、結果大悪魔二人が情けなくも心胆を震わせてしまうのだ。

「い、今ある金で、どれだけもつ」

「全くもちません。今月が、ヤマです」

「なんてことだ……」

ヴィラ・ローザ笹塚《ささづか》二〇一号室の家賃は、諸経費込みの四万五千円である。

世間の標準をかなり下回った額ではあるが、一応働ける大人二人が雁首揃《がんくびそろ》えて、それだけのことで汲々《きゅうきゅう》としてしまう。

「他にも色々なランニングコストが重くなってきています」

「待て、なんなのだランニングコストとは」

「恒常的にかかり続ける費用……という意味のようです。携帯電話の料金や、水道の基本料金などは、毎月払わねばならないでしょう？」

「……なるほど、ランニングコスト、な。ランニングコスト……」

真奥《まおう》は大きく頷《うなず》く。

本人達は自覚していなかったが、こういった言葉の問題も、地味に二人のアルバイト就労を難しくしていた。

ただでさえ身許《みもと》不確か。

学歴も職歴も精読するとあやふやな上、明らかに日本人の名前なのに、単純な日本語が分からなかったりする。

大悪魔の矜持《きょうじ》と不断の努力によって日本にやってきた当初に比べれば発音や識字はネイティブと遜色の無いレベルまでは来ているのだが、語彙力や会話経験の問題だけはどうしようもなかった。

「……魔王様。良い機会なので申し上げておきたいことが」

「なんだ」

「……口調……直された方が良いかと思います」

「口調だと？」

真奥《まおう》は目を瞬《まばた》かせる。

「はい……申し上げにくいことなのですが……偉そうで」

「何？」

「その……魔王様はもう長く魔界の王として振る舞われていますので、『戻る』のはなかなか骨だとは思うのですが……可能ならば、私と初めて会った頃くらいが理想かと」

「……そ、それは、だが待て。魔王らしく振る舞えと言ったのはお前達で……」

真奥《まおう》は動揺する。

もともと真奥《まおう》は魔界の悪魔の中では弱小部族の出身で、王としての威厳や尊大さなどは全く持ち合せていない青年悪魔だった。

魔界統一事業の最中、近しい魔王軍諸将から、ざっくばらんな性質は親しみよりも軽視を呼び起こすと諫言《かんげん》され、実際にそういったことが多かったために意識して改善したのだ。

「この世界で、我々は社会経験の無い若者です。そういった存在がその、あまり尊大な物言いをしますと、反感を買うと言いますか……」

「反感と言われても、誰かと相対するときには常に堂々としていないと、我の威厳が」

「それです！　それ！」

「あ？」

「魔王様、街中で耳を澄ませてみてください。我々と同年代の外見を持つ人間の男の口から『我』という一人称を聞いたことがありますか？」

「……そういえば、無いな」

「『ぼく』『おれ』『わたし』『じぶん』……私が聞いたことがあるのは、これくらいです」

「日雇いの建築現場で『おれさま』と言っている男がいたが」

「レアケースかと存じます」

「つまり、今の我は立場を弁《わきま》えぬ発言をしていると取られてしまうということか？」

「仰《おっしゃ》る通りです。これは私も大いに反省すべき点なのですが……例えば魔王様、スーパーマーケットやコンビニエンスストアのレジで『貴様、米と牛乳を買いたいならばそこの台に置き、然《しか》るべき金を払え』と言われたらどうします」

「怒る」

「ですよね」

「…………そういうことかぁ…………」

真奥《まおう》は愚かな男ではない。

これだけで、芦屋《あしや》が何を言わんとしているか十二分に理解した。

日雇い労働をやっていた頃の現場では、言葉遣いが重要になるシーンは全くと言っていいほど無かった。

健康な成人男子に斡旋《あっせん》される作業の多くは力仕事であり、まずは頑健に働けることが求められたからだ。

だが、アルバイト従業員としてこれまで応募してきた所は、どこもかしこもなんらかの形で顧客や従業員と密接なコミニュケーションが求められるものばかりだった。

そんな所で魔王然とした若者がいれば、どう考えても不和を招く。

「あ、あー……うー」

「魔王様？」

「じ、自分、真奥貞夫《まおうさだお》っす！　自分この会社マジのガチ上げしてくんで、よろしゃーっす！」

しばしの間、芦屋《あしや》は、悪魔大元帥《だいげんすい》アルシエルは、真実言葉を失ってしまった。

絶対零度の沈黙しばし。

真奥《まおう》もやらかしたことを自覚したようで、心なしか顔が赤くなっている。

「……最後の現場に、いたんだ……こういう喋《しゃべ》り方の、男が」

「……お労しい」

「やめておく」

「それがよろしいかと」

「し、しかし、だからといってどうすればいいんだ。街中でいくら耳を澄ませても、何が正しいかなど分からないだろう！」

「仰《おつしや》る通りなのですが……例えばこういう方法はいかがでしょう」

芦屋《あしや》自身、自分の発言に自信が無さそうだが、とにかく提案する。

それを聞いた真奥《まおう》はしばし黙考し、やがて大きく頷《うなず》いた。

「他に妙案も無い……どうせ時間的猶予は無いんだ。玉砕覚悟でやれることをやってみるしかあるまいな」

「……御意」

芦屋《あしや》は力なくうなだれ、真奥《まおう》も嘆息し、

「恐らくだが、その『御意』というのも、マズいと思うぞ」

「仰《おつしや》る通りですね」

六畳一間に重ねられたため息が、また二つ増えた。

◇

賑《にぎ》やかな店内で、真奥《まおう》は目を血走らせて周囲の状況に真剣に耳を傾けていた。

『ただいま皆様に無料フェアでくじを引いていただいておりまーす！』

『さーネット回線ネット回線いかがですかー！　いかがですかー！　ハイスピードネットガゲキヤスデサイタンミッカー！』

『他店より一円でも高い場合は従業員にお知らせください！』

『四番おうえーん四番おうえーん』

「…………」

場所は新宿《しんじゅく》の、大型家電量販店である。

真奥《まおう》はその店内でかれこれもう二時間近く、店内の音声に耳を傾けていた。

まずは一階の入り口での呼び込みを聞いたのを皮切りに、各階に設《しつら》えられているトイレ前のベンチに十五分ほど居座りながら、怪しまれない程度に移動を繰り返す。

こんな動きをしている時点で十分不審者なのだが、意外にも各階のベンチには、真奥《まおう》が滞在する十五分もの間、微動だにせずにいる者もいたので気負うことは無かった。

「……分かりそうで、分からないものだらけだな」

大音量で沢山の声がベンチの所にも届くのだが、一つ一つの音声について、分からない単語や概念が多すぎて自分がどこまで聞き分けられているのかはっきりしない。

二時間の間でこれまで知らない言葉をかなり収拾することはできたが、自分のものにできるかと言われると、自信が無い。

「やはり聞くだけでは駄目か。会話は必須だな」

二時間が過ぎて、真奥《まおう》は意を決して立ち上がる。

「折角電器店を選んだんだ。様子から察するに、この店での客の立場はかなり高そうだしな。少し冒険してみようか」

この時点で真奥《まおう》が滞在していたのはキッチン家電の階であった。

「あのあたりから行ってみるか」

真奥《まおう》はとりあえず、背の高い箱が沢山密集している場所に移動する。

すると早速、この店のスタッフが近寄ってきた。

「何かお探しですかー？」

真奥《まおう》の人間型よりずっと年上の男性だった。

「…………」

真奥《まおう》はしばし、その男性と見つめ合い、

「あの……」

男性スタッフは困惑する。

この国では全くの赤の他人が一対一となった場合、年功序列になる傾向がある。

だが、今明らかに人間真奥貞夫《まおうさだお》よりも年上の男性は、真奥《まおう》を客と認識し、上に見る様子で声をかけてきた。

「……そういうものか」

「は？」

「いや、なんでもない。そうだ。探している。この箱はなんだ」

「箱……あ、こちらの冷蔵庫ですねー」

「レイゾウコ……」

かつて日雇いの現場で一度だけ『什器搬入《じゅうきはんにゅう》』の仕事を経験し、触れたことがあった。

食料を保存するのに必要な家電であることは知っていたのだが、残念ながら未《いま》だにヴィラ・ローザ笹塚《ささづか》二〇一号室には導入されていなかった。

余談だが、警察官と概念送受《イデアリンク》をした関係で『什器《じゅうき》』を『銃器』だと勘違いして少し身構えてしまったのは、今となっては笑い話である。

「どういう道具なんだ」

「……えーはい、冷蔵庫はですね……」

一瞬の困惑はあったものの、冷蔵庫という道具を一から解説しはじめる男性スタッフは、売り場係員として極めて優秀であると言わざるを得ない。

小一時間ほど男性を拘束した真奥《まおう》は、山のように『パンフレット』をもらってヨドガワバシカメラを後にした。

「ふむ、教科書もこれだけ手に入れたし、芦屋《あしや》の作戦は、当たりかもしれんな」

最初の売り場でもらった紙袋には、冷蔵庫だけでなく数多《あまた》の電化製品のパンフレットが詰め込まれている。

「とはいえここはな。把握しなければならないことが多すぎる気はするな、ううむ」

真奥《まおう》は道で立ち止まり振り返り、横から来たトラックにクラクションを鳴らされて危うく飛びのいた。

芦屋《あしや》が提案したのは、とにかく接客業を生業とする人間達と多く接し、環境から発せられる言葉を耳に入れ、立場や年齢に相応《ふさわ》しい言葉遣いを学習する、というものだった。

その第一歩がこのヨドガワバシカメラでの店内徘徊《はいかい》だったわけだ。

実地での会話が語学習得の一番の近道、とはよく言われることではあるが、真奥《まおう》と芦屋《あしや》は金銭的な問題で他の方法を取りようがないため、必然的に語学習得の王道へと突き進んだことになる。

「さて……次は、ここだな」

言いながら、今度は真奥《まおう》はヨドガワバシカメラの真向いにあるコーヒーショップに足を踏み入れる。

客層も店員にも真奥と同年代の外見の若者が多く、会話も活発に行われているようで、長居するには最適の環境だ。

「……予算は少ない……環境も精査せねばな」

ポケットに突っ込んだ小銭入れを思わず上から摑《つか》むと、真奥《まおう》はコーヒーショップへと足を踏み入れ、店員の立つカウンターへと真《ま》っ直《す》ぐに向かう。

「いらっしゃいませー！　こちらでご注文うけ……」

「この店に来るのは初めてなのだが、どのように注文をすれば良いのだ？」

緑色のエプロンをつけた女性店員は、思いのほか圧のある客の言葉に一瞬たじろいだ様子を見せたが、

「……はい！　こちらのメニューの中からお選びください！」

一瞬の判断で、カウンターメニューを立てて真奥《まおう》が見やすいように指でさし示す。

「……この、コーヒーの、Sで」

「かしこまりました！　ホットコーヒーでよろしかったですか？」

「んっ？」

「ホットコーヒーでよろしかったですか？」

「え、あ、あ、ああ。ホット、温かいのだな」

「かしこまりましたー！　ホットショートワンでーす！」

「ショート？」

「あ、うちのSサイズはそう言うんですよー。二三〇円になりますー」

「な、なるほど」

真奥《まおう》は真奥《まおう》で動揺していたのだが、すぐにあることを理解して、慌てて小銭入れから二三〇

円を払う。

店員もほっとした様子でレシートを返してきて、

「あちらの赤いランプの下でお待ちくださーい」

「ランプ……ああ、あれはランプなのか」

天井から吊り下がっている照明を、この店ではランプ、と言うらしい。

真奥《まおう》にとって『ランプ』とは、燃料に浸した軸に火を灯《とも》し、壁にかけたり手に持ったりするものだから、電気で灯《とも》る吊《つ》り照明もそう呼ぶことがあるとここで初めて理解した。

なんとかかんとかホットコーヒーを手に入れたはいいものの、

「……」

振り返った真奥《まおう》は、店内に空席が無いことに気づく。

「ああ、あれか。先に席を取らなければならないタイプの店か」

日雇いの派遣先で、こういった店には入ったことがあった。

「……これでは、あまり長居はできないな」

一人ごちながら真奥《まおう》は、自分の後ろからレジに入った客と店員の会話に耳を澄ませる。

「フランボワーズフラペチーノのグランデと、キャラメルソイラテトールで」

「かしこまりましたー。フラフラグランデ、キャラメルソイでお願いしまーす」

「……!?」

「クランチカシューナッツのトールとー、プリンスフラペチーノトールでー」

「かしこまりましたー。クランチナッツ、プリンス、両方トールでー」

「……!!」

「これとこれね」

「かしこまりましたー！　グレープシトラスとエスプレダブルー」

「……」

真奥《まおう》は、砂糖だけ入れたコーヒーをカウンター席脇でさっと飲むと、足早に店を出た。

ここは駄目だ。

日常会話はともかく、もう一つの目的には現時点では符合しない。

結局コーヒーの味も大して分からぬまま、真奥《まおう》は店の外に出る。

真奥《まおう》にはもう一つ目的があった。

足で稼ぐ『アルバイト先探し』である。

言葉を教えてもらえるような友人も知り合いもいない真奥《まおう》と芦屋《あしや》にとって、人と接する方法は大家と会話するか、街中で他人と接するしかない。

大家と接する、という案は神速で却下され、結果接客業の人間と多く接することができる場所を探す、という結論に落ち着く。

またその結論の発展として、想定するアルバイト先は、必然的に接客業ということになる。

「略語、略称、言い換えや言い方が豊富すぎる場所では、履歴書も通るまい……」

そして、先ほど入ったコーヒーショップ『ムーンバックス』は、明らかに今の真奥《まおう》と芦屋《あしや》にとっては勤務先にするには敷居《しきい》が高すぎた。

まず、店舗固有のものと思《おぼ》しき未知の単語が多すぎる。

その上、その分からない単語を適宜略して運用しないと、従業員同士のコミュニケーションに困難が生じる環境のようだ。

「だが、これに怖気《おじけ》づいていては、電器店など夢のまた夢か……」

コーヒーショップの用語に怖気《おじけ》づいていたら、電気というエネルギー源からして未知であった電化製品を販売する店などで働けるわけがない。

考えてみると、真奥《まおう》が触れたことがある電化製品など、炊飯器と携帯電話と駅の券売機と飲料の自動販売機、そしてコインランドリーの洗濯機くらいのものだ。

「……テレビ……パソコン……冷蔵庫……電子レンジ……マッサージチェア」

初めて見聞きしたものの数なら、ヨドガワバシカメラの店内の八割以上が真奥《まおう》にとって未知の概念であった。

「それに、炬燵《こたつ》」

真奥《まおう》は、たった十数冊のパンフレットが己の人間の手に、強く重く食い込んでいる感触を握り潰すように、拳を握った。

「これは……思ったよりも難儀するやもしれんな」

◇

「コンビニエンスストアが、最も良いかと思います」

その日帰宅すると、芦屋《あしや》がそれしか皿の上に無いという意味でスクランブルなエッグを出しながら言った。

「コンビニ、か」

真奥《まおう》はちびちびと卵の欠片《かけら》をつまみながら唸《うな》る。

「それはこちらも考えた。だが、あの種類の店は、想像以上に業務量が多いのではないか？　売り物も恐ろしい数あるが……」

「仰《おつしや》る通りです。ですが、魔王様がご覧になった電器店などと違い、精通していなければならない商品の数は決して多くありません。その上、売り物の大半は食品や生活用品です。我々もこの国に長逗留《とうりゆう》するならいずれ把握しなければならない商品ばかりです」

「勉強にもなる、と。だが、業務量が多いことについてはどうする。コンビニエンスストアは何件か回ってきたが、店舗の外に表示されている色々な看板はそのまま業務量の多さを表しているように見えたが」

「仰《おつしや》る通りです。ですがそれでも、覚えなければならない項目の数は、新宿《しんじゆく》駅近郊の大規模店舗よりも圧倒的に少ないです。それに、店内に休憩スペースのある店舗にしばらく陣取って観察したところ、複雑な業務もレジカウンター近辺の状況さえ把握すればなんとかなりそうな気がします。それに……」

芦屋《あしや》は一冊の本を、皿の隣に置いた。

「コンビニエンスストアの強みは、なんと言っても二十四時間営業であるということです」

「それは利用者にとっての利便性だろう？」

「いえ。それがこれをご覧ください」

芦屋《あしや》がさし示すのは、時給の部分だ。

「……夜間の方が、給金が高い？」

「その通りです！　昼間の比ではありません」

深夜労働に対しては法律で定められている分だけ給与水準を上げなければならないことを、真奥《まおう》も芦屋《あしや》も知らなかった。

これまでの日雇い労働の現場は基本的に『日給』が支給されていたため働く時間帯によって給与形態が変わるということを体感してこなかったことに加え、そもそも深夜帯まで及ぶ仕事を受けたことが無かった。

ではそもそもなぜ日雇い斡旋《あつせん》業者に登録する前にコンビニを始めとした時給形式のアルバイ

ト先を選ばなかったのか。

単純にその頃の真奥《まおう》達に求人情報を精読するほど日本語能力が無かったことと、『日給』で現金を手に入れることが最優先だったからである。

「何よりコンビニエンスストアは、この国の民間人の生活に恐ろしく密着しています。ここで働くことは、この世界の人間の行動様態を理解するのに大いに役立つと思います」

「……なるほどな」

芦屋《あしや》の言うことには、一定の説得力があった。

「それで、どこか目星はつけたのか」

「はい！」

芦屋《あしや》は勢い込んで求人誌と、それに挟み込んであったチラシをさし示す。

「残念ながらアパート近隣のコンビニは募集しておりませんでしたが、駅を一つ二つ跨《また》げば募集している店舗は沢山あります！」

「なるほどな……この交通費支給、というのは、電車賃などは雇った側が出す、という意味だな？」

「恐らく」

「ならば電車を利用すること自体に問題は無いな……でかした、アルシエル」

「……お、恐れ入ります魔王様！　っっぐ!!」

久しぶりに本当の名を呼ばれた芦屋《あしや》は、感極まって跪《ひざまず》こうとして、カジュアルコタツの角に思いきり足の指先をぶつけしばらく悶絶《もんぜつ》した。

「応募するのは別々の店の方が良いか？」

二人の今の史上命題は第一に収入源の確保である。

そして先般の斡旋《あっせん》業者の事業停止を踏まえると、勤務先に万が一のことが起こった場合のことを思えば、収入を確保するルートは複数用意したい。

「か、賭けではありますが、その方が良いかと思います……さらに申し上げるなら、二人ともコンビニ、というのは避けた方が良いかと」

「む？」

「二人の勤務形態に柔軟性が無くなるのは、本末転倒です。どちらかが働いている間はどちらかが自由でないと、本来の目的が……」

「む……そ、そうだな。そうだった。金は必要だが、あまりに目先のことにとらわれすぎていたな」

そもそも二人は悪魔で、本来の目的はエンテ・イスラへの帰還と世界征服である。

そのための魔力回復の手法を探すことが現在の大目的なのに、それができなくなるような環境に身を置いてしまっては、いくら金を稼げても意味が無い。

だが……。

「これは、わびしいな」

いつの間にか、スクランブルエッグは消失し、残ったのは空っぽの皿と、満たされない腹。

「……魔界の統一にも、かなり長きに渡る雌伏の時があったものだ。時には二人で同じ場所や業界で働く、という可能性は、排除しない方が良いのではないか？」

「……検討は致しましょう。ですが可能な限り、ベストな選択を心がけてもいきましょう」

大悪魔が二人同時にコンビニに勤めるか否《いな》か。

そんなことで真剣に可能性云々《うんぬん》を論じているのが、あまりにも悲しかった。

◇

それから三日後。

「魔王様！　先ほど桜《さくらじょうすい》上水のフレンドマートから採用の連絡が！」

携帯電話にかかってきた電話を切った芦屋《あしや》の満面の笑みに加え、

「そうか！　実はこちらも朗報だ！　見ろ！」

郵便受けから取り出した封書を高々と掲げる真奥《まおう》。

「人材派遣サービス？　ということは、また日払いの？」

「そう不安そうな顔をするな。今度のは、前のようにやたらに多様な現場を紹介しているわけではない。業種を固定して、違法性を排除した業者なんだ。だから今日は建設現場、明日はイベント、明後日《あさって》は工場みたいなことはない。やはり時間の自由度というものは重要だからな。お前がコンビニで定収を得る裏で、我が緊急用の金を用立てるのだ」

「な、なるほど」

「お前が今月からそのコンビニエンスストアに勤められたとしても、実際に金が入るのは来月以降だろう。そう考えると、発生する家賃は今月中には用立てたいだろう。家賃を払ってもなんとか生活を維持できる体制が整ったら、今度はこちらも日払いではないアルバイトに職を変えればいい」

「確かに、給料は月末締めの翌月二十五日払いと言われました」

「家賃は四万五千円だったな。まずこれを目標にしようと思う。何せ例の騒ぎの後だから、希望しただけ現場が割り当てられるとは限らんからな。もちろん稼げるようならもっと稼ぐが……」

「かしこまりました。私も可能な限り多く勤務に入れるよう交渉して、安定を形成してみせます！」

「……ここまで長かったな！」

「はいっ！」

まだ、何も成し遂げたわけではない。

いや、それどころか転落は未《いま》だ続いていると言って良い。

だがこの時点で差し込んだ光は、確実に真奥《まおう》と芦屋《あしや》に生きる希望を与えていた。

そう。

このたった二週間後に、二方向から差し込んでいた光が同時に消失するなどと、この時の二人は想像もしなかったのだった。

◇

待ち合せた笹塚《ささづか》駅前の交差点で、真奥《まおう》と芦屋《あしや》は大きく揃《そろ》ってため息を吐いた。

「……また仕事を失ったぞ芦屋《あしや》……」

「……アルシエルとお呼びください」

「街中だぞ」

「さすがに気分が滅入《めい》ってしまいまして、かつての栄光の名に縋《すが》りたくもなります」

二人が待ち合せたのは、現況を愚痴り合うためではない。

この一時間後、最寄りのスーパーが月に一度の採算度外視セールを行うのだが、全ての商品に一人一品限定がかけられているのだ。

そこで今ある金で、常温で保存できるものだけを買い揃《かそろ》えて、なんとか糊口《ここう》をしのごうという作戦である。

「……魔王様の方は、一体何が」

「……全く、バカみたいな話だ」

スーパーへの道すがら、真奥《まおう》はぽつぽつと語る。

新しい斡旋《あっせん》業者からの仕事は当初順調に進んでいた。

目標の一ヶ月分の家賃四万五千円はあっという間に達成し、芦屋《あしや》の給料が発生するまで少しでも貯金をしようと意気込んだ直後だった。

「立て続けに、斡旋《あっせん》先で事故があったんだそうだ。違法現場での事故とセクハラだとか」

「なんと……」

「違法現場は前の所と似たようなものだ。どこかのイベント会場の設営現場で規定を外れた高所作業をやらされた挙句事故だ。テレビでも大騒ぎらしい。俺は見てないがな」

図書館の新聞以外のメディアに触れる機会の無い真奥《まおう》と芦屋《あしや》は知らないことだったが、業界に大々的にメスが入った直後の事故ということで、かなり大きく報道されていた。

通常のイベント会場設営の業務は、例えば広大なスペースにアリーナ席を五千席作るときなど、この椅子の設置を人海戦術で行ったり、ステージなどで使う小道具大道具配線などの荷積みや荷下ろしを手伝う程度のことでしかない。

だが、とある中規模音楽フェスの現場で、派遣された設営スタッフが高所での作業を依頼された。

日雇い労働者への違法な現場斡旋《あっせん》が社会問題になったとはいえ、それを正す意識が個々の現場に浸透するかどうかは全く別の話である。

若い大学生が、特別責任のある立場ではない現場スタッフに指示されて脚立《きゃたつ》による高所作業に取りかかり、この脚立《きゃたつ》が倒れたのだという。

強風だとか、脚立《きゃたつ》の足元に重い荷物を積んだ台車が激突したとか様々な情報が乱れ飛んだが、結果的に高所作業をしていた大学生三人が重傷。

器具の落下や転倒に巻き込まれた者達が十人以上怪我《けが》を負った。

それだけでも大問題なのに、別のイベント設営現場で、若い女性労働者が現場の責任者にかなり悪質なセクハラを受けたと告発。

その現場の女性が大勢同様の被害を受けていたことが明らかになり、真奥《まおう》が新たに登録した会社はあっという間に業務停止になった。

これまで出向いた現場での給金は支払われたが、当然この会社の斡旋《あっせん》で働き続けることはできなくなる。

「……そっちは、どうしたんだ」

「それが……これは誰が悪い、という話ではないのですが……」

芦屋《あしや》の渋面には、やり場のない怒りがこみ上げていた。

芦屋《あしや》が勤めはじめたコンビニエンスストアはやり手のオーナーが運営するフランチャイズ店であり、桜 上水《さくらじょうすい》以外にも永福町《えいふくちょう》、千歳烏山《ちとせからすやま》など、京王線《けいおうせん》の主要駅に複数店舗を構えていた。

そんな中のアルバイト募集に応募し採用されたわけなのだが……。

「たった二週間で閉店だ？　わざわざ新規の従業員まで募集したのに⁉」

「オーナーがわざわざ店まで出向いてきて、私に深々と頭を下げてきました。一応、シフトに入っていた間の時給は払っていただけるそうですが……」

意外なことに、このオーナーと芦屋《あしや》は知己であった。

千歳烏山《ちとせからすやま》の店舗の什器《じゅうき》搬入の仕事の際に顔を合わせた程度だったのだが、オーナー側は芦《あし》屋《や》のことを覚えていたらしい。

そもそも桜 上水《さくらじょうすい》店での採用にもこのことが大きく影響していたので、芦屋《あしや》は桜 上水《さくらじょうすい》の店で長く働けることを全く信じて疑わなかった。

「正直、私にも詳細はよく分かりませんし、先輩従業員達も寝耳に水、といった様子でした。それほどに、イレギュラーな事態だったということです。ただ……」

芦屋《あしや》曰《いわ》く、訳の分からないことが一つ、あったという。

「私が採用された店舗の隣の土地に……もう一つ、フレンドマートが現れたんです」

「なんだと⁉」

真奥《まおう》はさすがに驚いた。

同時に、甲州街道《こうしゅうかいどう》の対岸側にある別のコンビニを見て状況を想像する。

同じ会社の店が、隣り合って並んでいる。

日本社会に馴染《なじ》みきれていない真奥《まおう》にとっても、明らかに違和感のある光景だ。

「なんでも大都市圏では『よくあること』なんだとか」

俗に『フランチャイズ潰し』と呼ばれることもある出店手法である。

「よくあることと言われても、振り回される従業員はたまったものじゃないだろう。その新しい店に雇ってもらうことはできないのか」

「会社組織が違うので、どうやらそういうことはできないようでして」

「同じフレンドマートなのにか」

「私もよく分からないのですが、同じではないらしいんです。今回のケースで私が無条件に移籍できるのは、オーナーが経営する店舗のどれかだけなのですが、生憎《あいにく》今はどこも人員がいっぱいらしく……」

「……よく分からん」

街中の繁盛《はんじょう》しているフランチャイズ店の近傍に直営店を出店し、フランチャイズの売り上げを奪って直営店が美味《おい》しい市場を独占する、というのが巷間《こうかん》で囁《ささや》かれる『フランチャイズ潰し』の外観だ。

そういったケースも、無いではない。

ただ、全てのケースがそれに当てはまるかと言えばそれもまた違う。

基本的に、本部が直営店を運営して得られる利益と、フランチャイズ店舗から得られる利益では、根本的に利益の性質が異なっている。

そのためフランチャイズの勢力圏を乗っ取ったからといって、その売り上げが単純に本部の利益増に直結することにはならない。

また、契約の更改や変更によって、フランチャイズ側が既存の店舗を維持できなくなったり、なんらかの理由で廃業するケースがある。

他にも何かの原因でフランチャイズ店舗が潰れることが決まり、その後釜として本部直営店や新規フランチャイズが最初の店舗の撤退前に店を構えることで、地域の客を取り逃がさないようにする、といったケースもある。

さらに都市部の店舗では、フランチャイズオーナーと本部のみならず、入居するビルや建物、フロアのオーナーや不動産事業者、土地の持ち主など一つの店舗に絡《から》む利害関係者が非常に多い。

芦屋《あしや》が直面したケースでは、オーナーは他店舗を維持しており、従業員の新規募集もかけていたため、数多《あまた》の事例の中でも消費者には見え辛《づら》い部分でのイレギュラーが発生したと思われるが、真奥《まおう》達がこのシステムをおぼろげながら理解するのはまだ当分先のことだ。

「時給に多少の色をつけてくださるとは仰《おつしや》っていただいたのですが、こんなことになると本当なのか疑わしくもありますし、なんというか……ままなりませんね」

「ああ……折角食費も浮いていたのにな」

決して褒められたことではないが、フランチャイズ店舗での『廃棄食品』の扱いは、店舗の裁量に委ねられていることが多い。

原理原則としては販売期限を過ぎた商品の販売は禁止されている。

これはコンビニ本部の通達であると同時に、場合によっては卸売業者や生産者から課されたルールであることも多い。

そのため、ルールにのっとって『廃棄』を適正に処理している店舗もあれば、販売期限を過ぎたものを従業員が持ち帰るのを黙認するケースも応々にしてある。

そして芦屋《あしや》の勤め先では、稀《まれ》に弁当や総菜の廃棄を持ち帰ることができたのだった。

これが芦屋《あしや》と真奥《まおう》の食生活を大いに潤していたのは、言うまでも無い。

豚のしょうが焼き弁当なるものを食べたときには、真奥《まおう》はこの世の中にこんな美味《うま》いものが存在するのかと落涙しかけたほどだ。

「概算ですが、私が出勤した時間で計算すると、来月入る給与は七万円といったところです」

「七万円か。それでも随分いったたな。こちらは五万と少しだな。合わせて十二万で、次から発生する家賃を差し引いて……案外、なんとかなりそうか？」

「……なんとも申し上げられません」

概算で手に入るのが十二万円だとしても、入金のタイミングにはズレがある。

今ある真奥《まおう》の五万円は、家賃以外に光熱費がかかるので、丸々消えると考えねばなるまい。

そうすると、芦屋《あしや》の給料が入る一ヶ月後までの手持ちは、以前の日雇い業者で仕事をしていた頃に手に入れたものの残りしかなくなる。

その額、およそ三万円。

何か不測の事態が起こればあっという間に蒸発してしまう額だ。

その上、芦屋《あしや》の七万円が首尾良く入ったとしても、その先が無い。

今すぐにでも新たな職場を発見しなければ、二ヶ月後には干上がり、路頭に迷う。

「そういえば魔王様」

「ん？」

「口調……少し変わられましたか？」

「あ？　ああ……まぁ、そうかもな」

真奥《まおう》ははっとして、自分の顎に手を当てる。

「いやな、前のときにはもう仕事やるので精一杯だっただろう。今回は行く現場行く現場で、とにかく同年代の奴《やつ》にできる限り声かけて、コミニュケーション取ったんだ。そしたら中に、中国からの留学生がいてな」

「外国人、ということですか？」

「ああ。やはりそういう連中も日本語習得には苦労してるだろう。だからお互い変なとこで気が合って……」

「その口調を真似たのですか？」

「いや、もう一人、そいつの友達だという大学生がいたんだ。こっちは日本人でそいつに色々聞いた。お互いの会話におかしいとこがないかとかな。こいつらと三回連続くらいで現場が一緒だったんだよ。それで……どこかおかしなとこ、あるか？」

そう言う真奥《まおう》を見て、芦屋《あしや》の顔に少しだけ笑顔が戻った。

「ガチだマジだと言うよりずっと良いと思います」

「それを言うな」

思わず真奥《まおう》は顔を赤らめる。

「とはいえ、本当にまだ次の息継ぎができないような状況だからな。この際贅沢は言わず、目についたところから当たって砕けるしかないな」

「仰《おつしや》る通りですね……でもまずは」

「ああ」

いつの間にか二人は、スーパーマーケットの前に到着していた。

そこには、格安セールを狙う多くの猛者《もさ》が既にたむろしていた。

彼らの発する殺気が魔力に変換できたらどれほど楽だろう。

そんなことを考えている間に、

『皆様ご来店誠にありがとうございます！　只今《ただいま》より今月のウルトラ特売、開始です！』

店内からのアナウンスが響く。

「魔王さま！　米を再優先で確保してください！　できればきぬのさやを！」

「承知したっ！」

魔王と悪魔大元帥《だいげんすい》は今まさに、人間世界の物理的荒波へと、果敢に突入していったのであった。

◇

それから三日して。

『魔王様。とりあえず、また別口の日雇い業者に登録だけはしましたが、正直申し上げて、事務所の雰囲気や斡旋《あっせん》される現場の情報を見ても、以前のところと空気が変わらないように思えます。あまり依存はできないということだけ、お伝えを』

「分かった。ご苦労だったな。俺はもう少し近場で探ってみる」

『よろしくお願いいたします。それでは』

真奥《まおう》は芦屋《あしや》の公衆電話からの着信を切ると、携帯電話を閉じてポケットにねじ込む。

真奥《まおう》が歩いているのは、笹塚《ささづか》から幡ヶ谷《はたがや》に通じる甲州街道《こうしゅうかいどう》の裏道だ。

手にはアルバイト求人が掲載されているフリーペーパー。

時給はそこそこの沿線版だ。

「うーん、こうして見ると、あるようで無いな」

真奥《まおう》が探しているのは、徒歩圏内のアルバイト先である。

時間の有効利用という観点もそうだが、ここ数日色々な接客業を観察したことで、少し分かってきたことがあった。

これまで真奥《まおう》は、人が密集するエリアにはそれに応じた仕事が多い、と踏んでいた。

実際そういった勤め先は時給が高く、中には大量募集を謳《うた》っているところもある。

だが。

「そういうところは、俺みたいのは雇ってくれないみたいだな。競争率も高いだろうし」

いくら言葉ができたとしても、身許《みもと》不確かであることは変わりない。

特に真奥《まおう》には、履歴書の中では大きなウェイトを占める学歴と職歴の一切に嘘《うそ》を書き込まねばならない。

魔力を使える環境さえあればこの嘘《うそ》を貫き通すことも可能だったかもしれないが、孤立無援のこの環境で、迂闊《うかつ》な嘘《うそ》がどんな形で災いをもたらすか分からない。

この一ヶ月間の職に関する不運続きで、真奥《まおう》は疑心暗鬼になっていた。

「うう……腹減ったな」

その上、やはり刻一刻と生活の何もかもが音も無く擦り減っていく状況では、ただでさえ味気ない食事がさらに不味《まず》くなり、なんだか気分も体も重い。

「やっぱり色々まとまっているのはこの辺かな」

そうこうしているうちに、真奥《まおう》は幡ヶ谷《はたがや》駅前まで歩いてきていた。

小規模ながらチェーン店や個人経営の店が密集し、フリーペーパーに掲載されているもの以外にも、店頭で募集をかけている店もちらほら見受けられた。

「本屋、居酒屋、ファミレス、カフェ、ファストフード、牛丼屋……時給は新宿《しんじゅく》より落ちるけど……」

店先から店内を除くと、昼時をやや過ぎた頃合いということもあって飲食店は特に繁盛《はんじょう》していた。

「う」

そしてそんなことをしていると、当然店から漏れる料理の匂いを鼻が捉えてしまう。

そうなれば、日頃ろくなものを食べていない腹が何か食わせろと要求の声を上げる。

「うう……そうは言うが……」

金欠の身の上で、迂闊《うかつ》な外食はできない。

芦屋《あしや》もきっと、今頃どこかで昼食の誘惑に耐えているはずだ。

「……うう」

だが、その瞬間真奥《まおう》の後ろを、殺意が横切った。

揚げたてのじゃがいもの香りという名の殺意が。

「……これも、語学研修だよな。ここなら、そこそこ長居できるし」

カフェやファミレスは最初から選択肢から外れている。

視界にある牛丼屋とファストフードとを天秤《てんびん》にかけた真奥《まおう》は、払う金額に対し席を占領する時間が多少長くても許されるファストフードを選択した。

「あっちの牛丼屋は入ったこと無いからな。マグロナルドなら、派遣先で二回入ったことがあるし」

自動ドアの中のマグロナルドは、まだ昼時だけあってそれなりに混雑していた。

「いらっしゃいませー」

スタッフの声を聞くともなしに聞きながら、真奥《まおう》はざっと店内を見回した。

「座れるか？」

カウンターに並ぶ人数と空席の様子を見て少し不安になる真奥《まおう》だったが、自分の前に並ぶ客が立て続けに持ち帰りを選択していたので、とりあえずどこかに席は確保できそうだと安堵《あんど》する。

待つ間に真奥《まおう》は、店内のあらゆる場所にあるメニュー表を射殺せそうなほど睨《にら》んだ。

そうこうしている内に、いよいよ真奥《まおう》の番が来る。

「いらっしゃいませ。ご注文はお決まりですか？」

スピード勝負が重要な時間帯に、真奥《まおう》と相対した女性の声は涼やかであった。

真奥《まおう》はカウンターにあるメニュー表をもう一度だけ確認してから、厳かに告げる。

「ハンバーガーとホットコーヒーのSと……あと、ポテトの……Lを」

しばしの逡巡《しゅんじゅん》の末、そう告げる。

日頃なら、ポテトのLは絶対に頼まない。

だがこの日は違っていた。

分かって入ったわけではなかったが、どうやら今だけ、ポテトの全サイズが一律百五十円であるらしい。

控えめな朝食と心労が重なって空腹で眩暈《めまい》がした上に、先ほどの揚げたての香りが忘れられず、つい、清水の舞台から飛び降りてしまった。

「ハンバーガー、ホットコーヒーのSサイズ、ポテトのLサイズですね、かしこまりました、三五〇円です」

「……はい」

これがこのマグロナルドという店では際《きわ》だってシンプルな注文であることは真奥《まおう》もよく理解していた。

だからすぐに、目の前のトレーにハンバーガーとコーヒーが届けられる。

だが次の瞬間だった。

レジの女性店員は、真奥《まおう》に目を向けたまま、トレーの上に数字が書かれたボードを置いたのだ。

「申し訳ございません。只今《ただいま》ポテトは調理中でして、揚げたてをお持ちいたしますので、お席でお待ちくださいますか」

「あ、はい」

なるほど、このボードは、注文に不足があることを示す札のようだ。

「ありがとうございます」

真奥《まおう》がトレーを手に取り目星をつけていたカウンターに向かうと、後ろから女性店員の声が追いかけてきて、

「ど、どうも」

真奥《まおう》はつい、振り返って会釈《えしゃく》をしてしまった。

これまでどんな店でもこの定型句に対して返答などしたことが無かったのだが、なぜか店員の言葉が持つ『エネルギー』のようなものを感じて、本能的に振り返ってしまったのだ。

真奥《まおう》より少し年上らしい女性は振り返った真奥《まおう》と目が合うと軽く微笑《ほほえ》んで会釈《えしゃく》を返し、またすぐ次の客へと向かい合う。

「……」

真奥《まおう》は何故《なぜ》、自分が女性店員の声に振り向いてしまったか分からず、ついその横顔を探るように見るが、

「人間だな。魔力や聖法気《せいほうき》は感じない」

気持ちも体も弱っていたので、なんとなく圧の強い声に反応してしまったのだろう、と思い、とりあえずはカウンター席に着いた。

「ふう……そういえばここも、フリーペーパーに載ってたな」

ハンバーガーとコーヒーの匂いを前にフリーペーパーを見直そうとする真奥《まおう》に腹が抗議するが、なんとなくポテトが到着するまでは手をつける気になれず、記憶を頼りに紙面を手繰る。

「あった。これか」

そこには、マグロナルド幡《はた》ヶ《が》谷《や》駅前店とあった。

「時給は少し落ちるが……んー？」

マグロナルドは大型チェーンなので、これまで幾度となく求人広告を見たことがあった。

だが、今まで見た記事と比較し、何か違和感を覚える。

と、そのときだった。

「お客様」

また、真奥《まおう》は反射的に振り向いていた。

先ほどの女性店員の声だ。

見るとやはりカウンターで真奥《まおう》を接客した女性で、その手にはポテトLのケース。

ついレジの方に目をやると、今は違う店員が接客をしていた。

それで気がついたのだが、この女性一人だけ、他の店員と纏《まと》う衣装が違っていた。

「お待たせいたしました。こちら、ポテトLでございます」

そう言って真奥《まおう》のトレーに静かにポテトを置く。

「どうも」

真奥《まおう》はまたもお礼を言ってしまう。

一方の女性はごく自然な様子で笑顔で会釈《えしゃく》し、

「ごゆっくりお過ごしください」

そう言って真奥《まおう》から離れていった。

その瞬間胸元のネームプレートが目に入る。

どうやら今の女性は『木崎《きさき》』という名らしい。

「あ」

その瞬間、先ほどの求人誌の違和感に気づき、真奥《まおう》はつい握りしめていたフリーペーパーを読み直した。

マグロナルド幡ヶ谷《はたがや》駅前店の募集広告と、他の京王線《けいおうせん》沿線のマグロナルドの募集広告を比較して、すぐに気づいた。

「ここだけ、店の電話番号があるな」

他の店舗の募集広告のアルバイト応募連絡先にはアルバイト応募のための連絡先として『クルー採用センター』なる番号と、よく分からないアルファベットの羅列を掲示していた。

一方この幡ヶ谷《はたがや》駅前店にはそれらの連絡先に加え、もう一つ、連絡先が掲示されている。

それは、幡ヶ谷《はたがや》駅前店の電話番号と、店長の姓名であった。

「店長・木崎《きさき》真弓《まゆみ》……ああ、さっきの人、店長なのか」

道理で他の店員と纏《まと》う服が違うはずだ。

要するにあれは責任者であることを示す制服なのだ。

「ふーん……でもま、そこまで大した差じゃないか」

大きな声につい振り向いたことなど一度や二度ではないし、たまたまなんとなくあの木崎《きさき》店長とやらの声が耳についただけだろう、と真奥《まおう》は解釈し、すぐにそのことを頭の隅に追いやって、昼食に取り掛かるべくトレーと向かい合った。

「なんとか、腹には溜《た》まりそうだな」

写真でしか見たことの無いLサイズのポテトは、想像よりもずっと大きかった。

細切りの芋一本一本が黄金色に輝き、揚げたてであることを証明するように油の熱による湯気をまき散らしている。

「ん」

一本手に取り口に入れた真奥《まおう》は、軽く目を見開いた。

「美味《うま》い」

揚げたてのポテトとは、これほどのものかと驚く。

以前日雇いの現場の近くで入ったときの記憶とは比べ物にならないほど、何もかもが豊かだった。

芋の味もさることながら、油の味、香り、それに何やら塩味や歯ざわりまで違うように思える。

「美味《うま》い……美味《うま》いな」

美味《うま》い美味《うま》いと声に出しながら、真奥《まおう》は次々とポテトを口に放り込んでゆくが、そこでふと疑問が頭をもたげる。

「そんな違うことなんて、有り得るのか」

こういう大規模チェーンは、会社から一定の水準の材料が運ばれてくるものではないのか。

貧乏暮らしではあっても、そういうところで大きな差が出ないように経営されていることくらいは真奥《まおう》も知っている。

だが、このポテトの味は、空腹スパイスや思い込みでは説明がつかないほど、真奥《まおう》の乏しい経験と記憶にあるポテトと何もかも違っていた。

一気にLサイズのポテトを半分食べた真奥《まおう》は、今度はハンバーガーに取りかかる。

「ん」

そこでも、不思議なことに気づいた。

「……なんか、厚いな？」

真奥《まおう》の記憶にあるバーガーは、もっとぺったり潰れていて薄かった。

これは以前、あまりにも写真に掲示されている厚みと違ったためにがっかりした記憶があったのでよく覚えている。

店内を見回すと、真奥《まおう》のハンバーガーはポスターで掲示されている見本の写真と、なんら遜色が無い。

初めてこのハンバーガーを見たとき、薄すぎて何かの間違いかと思ってそれを声に出し、連れていってくれた現場の先輩に不思議な顔をされたものだ。

今度こそ見間違いではない。

パンも、間に挟まった肉も、あのときと大して変わっているようには見えないのに、重ねると明らかに厚みが出るように調理されている。

「いやだから、そんなこと有り得るのか」

とはいえ、こういう調理も普通は手法が全店舗で統一されているものではないのか。

一口齧《かじ》ってみると、味はなるほど、記憶にある味だ。

だが、なんとなく肉汁の出方であるとか、ソースの具合だとかが違うような気がしてならない。

そしてこうなってくると、気になるのはコーヒーだ。

「……さすがにコーヒーは……普通……いや、でも」

一口飲んで逆に安堵《あんど》しかけた真奥《まおう》だが、逆に疑問が湧く。

自分が知っている日本のコーヒーは、何を基準にしている？

真奥《まおう》が飲んだことのあるコーヒーは、チェーン店とはいえ専門店の看板を掲げていた店のホットコーヒーだ。

真奥《まおう》はカウンターでの清算のとき、あの店長の背後で店員がカップに作り置きのコーヒーを注いでいるのを見ている。

それなのに、カフェのホットコーヒーと遜色の無い『普通』の味が出ているのはどういうことだ？

「……???」

レシートを見ても、もちろん金を多く取られているわけでもないし、真奥《まおう》の注文通りのものが記載されている。

美味《うま》いのに、何かがおかしい。

そう思いながら真奥《まおう》は、無意識のうちに手がポテトを口に運んでいることに気づいた。

元々長居をするためにこのマグロナルドを選んだのだから、ある程度食事の速度は調整しなければならないのに、手が止まらない。

この熱い旨味《うまみ》を逃してなるものかと、本能が訴えかけている。

結局気づけば、最大限の自制心を以《もっ》て半分残したコーヒー以外は、ものの五分と経《た》たずに食べ終えてしまった。

「……美味《うま》かった」

腹も一応は満足してくれたようなので、真奥《まおう》は改めて店内を見回す。

店の拵《こしら》えには特別なものは何も感じない。

マグロナルドとしても、飲食店としてもごく普通だ。

だが、それでも真奥《まおう》のこれまでの経験から見て、明らかに違うことがある。

「なんだか……全体的にすっきりしてるな」

忙しい時間帯というものは、必ず何かが雑然とするものだ。

これは日雇い労働の現場での、真奥《まおう》の実体験から来る感覚だ。

物の置き方、顔つき、作業の遅れややり残し、その連鎖などが必ずどこかに影響を及ぼすはずだが、この店にはその気配が無い。

そんなことを思っていると、真奥《まおう》の傍《そば》のテーブル席で食事をしていたサラリーマン二人組がガタガタと音を立てて席を立った。

サラリーマンが食べ終えたトレーを手に持っているので、そういえば片付けは自分でやる方式だったと思い出した真奥《まおう》は、店内のくず入れの前であの店長がサラリーマン客からトレーを受け取っていることに気づく。

そして何げなくサラリーマンが立った席を見て、

「あれ」

その席が整っていることに、思わず声を上げた。

サラリーマン達が立った後は、机がソファ席に対してわずかに斜めになり、通路側の椅子もやや通路に飛び出した状態になっていたはずだ。

だが、今その席は綺麗《きれい》に拭き上げられ、まるで開店したてのような様子だ。

サラリーマン達の視界からこの席が見えなくなった瞬間に、店員の一人が席の状態を整えたのだと気づいたのは、次の客が席を立ったときだった。

客席の中に、一体いつからそこにいたのか、店員が一人立っていて、手に持った布巾のようなもので空いた席を片付けているのだ。

そのタイミングが如何《いか》にも洗練されており、周囲の客に悟られず、立った客にも嫌味に感じさせない。

「……あれだな、教育が行き届いてるってやつかな」

見れば、カウンターの中で忙しく立ち働いている店員も、真剣に働いてはいるが忙殺されて余裕を失っている様子は無い。

顔つきが、彼らの余裕を物語っている。

「……」

真奥《まおう》は、その顔つきに見覚えがあった。

「………はぁ」

長居をするつもりだった真奥《まおう》だが、結局コーヒーもすぐに飲み干し、正味十五分と店にはいなかった。

席を立って店を出ようとすると、くず入れの周りを掃除していたらしい先ほどの店長がこちらを向いた。

「恐れ入ります、トレーお預かりします」

「あ、どうも」

結局また返事をしてしまってから、真奥《まおう》はトレーを手渡し、そして、

「美味《うま》かったです」

つい、そんなことを言っていた。

すると店長は、真奥《まおう》の唐突な一言に驚いた様子も見せず、小さく会釈《えしゃく》した。

「恐れ入ります。どうぞまたお越しくださいませ」

真奥《まおう》は店を後にすると、一度だけ、店を振り返った。

◇

「この度は当店のアルバイト募集にご応募いただきまして、ありがとうございます。店長の木崎《きさき》真弓《まゆみ》です」

「よろしくお願いします。真奥貞夫《まおうさだお》です」

こうして間近に一対一で向かい合うと、あの日感じたエネルギーは、錯覚ではなかったのだと真奥《まおう》は気づいた。

単純に、真奥《まおう》がこれまで日本で出会ったありとあらゆる人間の中で、最も覇気と自信に満ちているのだ。

恐らく、単純な威圧感なら大家の志波《しば》に勝るとも劣らないだろう。

ただ大家と違うのは、覇気の底にあるのが不気味さではなく平らかな心である点だ。

「よろしくお願いいたします真奥《まおう》さん。ここ数日、幾度かお店にお客様としておいでくださいましたね」

「あ、覚えていたんですか？」

「ええ、失礼ですが、印象に残ったもので」

「印象に……？」

「はい」

木崎《きさき》店長は、あのときと変わらぬ笑顔で頷《うなず》いた。

「当店のものを、声に出して美味《おい》しい美味《おい》しいと言ってくださるお客様は、なかなかいらっしゃいませんから」

「あ……」

思い当たる節があって、真奥《まおう》はつい気恥ずかしくなる。

あの日、帰宅した真奥《まおう》に、芦屋《あしや》が意外なことを言った。

どうやら彼も、帰宅の途中でマグロナルドで昼食を済ませたらしい。

理由は真奥《まおう》と同じく、ポテトLが安かったから。

だが、マグロナルドに抱いた感想は、真奥《まおう》とは真逆だったのだ。

『やはり、安いものには安いなりの理由がありますね』

どうやら芦屋《あしや》は、立ち寄った店であまり良い印象を抱かなかったらしい。

曰《いわ》く店内が汚れていて、折角Lサイズで頼んだポテトも、他のセットに通常ついてくるMサイズとあまり変わらぬ量だったらしい。

「一昨日は、ご友人とご一緒にいらしてましたよね」

「あいつも美味《うま》いって大騒ぎしていましたよね……はは」

真奥《まおう》がこの幡ヶ谷《はたがや》駅前店は何から何まで美味《うま》かった、と告げると芦屋《あしや》は最初それを信じようとしなかった。

論より証拠と連れてきて、芦屋《あしや》もすぐに真奥《まおう》の言葉に嘘《うそ》が無かったことに気づく。

そしてそのことは、真奥《まおう》がかつて日雇いの現場で立ち寄ったマグロナルドとこの幡ヶ谷《はたがや》駅前店で、品質に大きな違いを感じたことが間違いでなかったことを裏付けていた。

「手放しで褒めてくださったお客様に、アルバイトに応募していただけるのは嬉《うれ》しいことです。すいません、少し履歴書を拝見します」

「あ、はいどうぞ」

雑談から始まったために一瞬油断しそうになったが、これは面接だ。

アルバイト採用の、面接なのだ。

真奥《まおう》がアルバイト従業員募集に応募したのは、今話題に上がった、芦屋《あしや》と共にやってきた日のことだった。

二度、客としてやってきて店内を吟味したことで、真奥《まおう》の内にある予想が確信に変わったためだ。

会話の掴《つか》みは和やかに入ることができたが、もしここで不採用を食らったら、真奥《まおう》はこれからの日本の生活に大きく暗い影を落とすだろうことを予想していた。

「ぶっ」

「え?」

「あ、いや、失礼」

すると、真奥《まおう》の履歴書を読んでいた木崎《きさき》店長が、突然吹き出した。

泰然とした人柄だと思っていただけに、この反応は予想外であった。

「……えー、いくつか質問させていただいてもよろしいですか？」

「は、はい。どうぞ」

「どうして当店に応募されたのですか？　マグロナルドで働くことを今後の人生に生かすと仰《おつしや》いますが、働くだけなら真奥《まおう》さんの住所でしたらここ以外にも応募できる店舗はあると思いますが」

履歴書に記入した理由だけでは不十分だということだろうか。

真奥《まおう》は一瞬考えてから、正直な理由を口にした。

恐らく、この女性に対しては、付け焼刃の言い訳は通用しない。

真奥《まおう》は自分の中の確信をさらに確固たるものにするためにも、全てを正直に話そうと決めていた。

「このお店だけが、店長さんの名前と、店の電話番号を出していたからです」

「それだけですか？」

「大事なことです。応募したいと電話したとき、従業員の方から店長さんに代わってもらいましたよね」

真奥《まおう》は真剣な顔で続けた。

「あのとき、なんとなく思ったんです。もう店長さんは、電話の時点で面接を始めてるなって」

「……ほう」

「あの、クルー募集センターとかいう所は、要するに人を一ヶ所に集めて、面接も一気にやってしまって、採用の面倒をなくすための機関ですよね。お店は忙しいですから、きっとその方が効率的なんだと思ったんですけど……きっと店長さんは、それが嫌なんじゃないかなって思って」

「どうしてそう思われるのですか」

「一緒に働く相手の印象って、やっぱり自分で確かめたいですから」

これは、真奥《まおう》自身の経験から出た言葉だった。

魔王軍を支えた四天王にして悪魔大元帥《だいげんすい》。

彼らを仲間に加えるに当たり、真奥《まおう》は必ず、組織的な戦闘が始まるよりも前に己の身一つで接触してきた。

組織が巨大化してきてからはそうもいかなくなったが、やはり直接的に命運を預ける相手の印象は、可能な限り自分で確かめたいものだ。

「あとは、お客として来たときの店の印象です。こういう言い方が合ってるのかどうかは分かりませんけど……兵隊の統制が取れてるなって」

「なるほど、兵隊の統制……ですか」

「忙しい時間に店員の人達に何か無理がかかってる感じはしませんでしたし、余裕があるようにも見えました。もちろんこれは店の雰囲気がいいってことなんだと思いますけど、別の見方すると、従業員に不安がない上に統制が取れてるって、研修がしっかりしてるってことなんだと思ったんです」

これもまた、真奥《まおう》自身の経験に基づくものだった。

多くの悪魔種を貪欲に吸収してきた魔王軍にとって、一番恐れるべきは取り込んだ部族の離反であった。

特に芦屋《あしや》達鉄蠍族《てつかつぞく》を取り込んだときには、彼らが組織に馴染《なじ》めるよう、心を尽くしたものだ。

この店の従業員には、魔王軍として組織だった中で他種族と融和するに至った鉄蠍族《てつかつぞく》や蒼角《そうかく》族《ぞく》、パハロ・ダェニィーノ族達と同じ空気を感じ取ったのだ。

即《すなわ》ち、緊張感のある良い仲間に囲まれている者達の表情だ。

「働けるなら長い間働きたいですし、それなら真剣に仕事に取り組める所が良い。ですからこちらのお店に応募しました」

「……そうですか……よく分かりました」

木崎《きさき》店長は少しだけ考えるような仕草をするが、なぜかその口元には笑みが浮かんでいた。

「英語対応ができるということですが」

「日常会話程度です」

「こちらの学校は、海外の？」

「いえ、個人的な事情で、学校は関係なく外国に少し長くいた時期があって」

「……なるほど、これはそういう……」

「は？」

「いえ、こちらの話です。ええと、今はフリーターということですが、当店以外にどこかアルバイトなどは」

「いいえ。何も」

「では、基本的にはシフトには多く入っていただける？」

「可能なら毎日でも入りたいです。この間一緒に来た友人とその住所にルームシェアをしているんですが……実は色々あって今、二人とも無職なんです」

「なるほど。最後に、これは雑談と思って聞いていただきたいのですが」

「はい？」

「稼いだお金の使い道をどうするか、お考えですか？」

「使い道？」

思わぬ質問に真奥《まおう》はしばし黙考した。

そして、これも素直に答える。

「とにかく今の生活で地に足着けることと……あと、余裕ができたら炬燵布団《こたつぶとん》を買いたいと思ってます。あと、冷蔵庫」

「炬燵布団《こたつぶとん》と……冷蔵庫ですか？」

「はい、うちに無くて」

「……っ、そ、そうですか。それは少し不便でしょうね」

一瞬だけ木崎《きさき》店長に動揺が見られたが、本当に一瞬だった。

その後は少しの間、生活環境などについて質問され正直に答えるという問答が続き、

「では真奥《まおう》さん、今日は面接にお越しくださいましてありがとうございました。結果は明日中にお電話でお報《しら》せいたします」

「はい、ありがとうございました」

真奥《まおう》は一礼して、店長室を後にする。

木崎《きさき》店長は真奥《まおう》をわざわざ店の外まで見送ってくれた。

自分の正体に関わる部分以外は馬鹿がつくほど正直に答えてしまったが、それでも手応えはあったと思う。

とはいえあまり期待しすぎても、これまでの経験上あまり良いことはなかった。

あくまで平常心で、明日の連絡を待つことに決め、真奥《まおう》は家路を急いだ。

「面接お疲れ様、店長」

アルバイトの面接を終えた木崎《きさき》店長に、声をかけてきたおばちゃんクルーがいた。

「ああ、マエさん。さっきの彼、採用します。入ったら研修お願いできますか」

声をかけてきた『マエさん』ことベテランクルーの前山一子《まえやまかずこ》はもうすぐ還暦を迎える。

木崎《きさき》は店長職にあるが、ベテランで年上の前山《まえやま》には対外的な必要が生じない限りはこうして年上の社会人として接していた。

「あらあら、ここんとこ、大学生の子を何人か続けて採ってたから若い子はもう来ないと思ってましたよ」

「彼は出物です。言葉使いは少し雑ですが、ちょっと人とは違う経験をしてきた様子が見られて、しかもあまりそれを鼻にかけない性格のようです。うまい具合に同世代のリーダーになってくれそうな気がします」

「おやおや、本採用前から店長がそんなに褒めるのも珍しい」

「まぁ、私にもちょっとした油断もありまして」

「？」

不思議そうな顔をする前山《まえやま》を残して店長室に戻った木崎《きさき》店長は、店長室のデスクの上にある、真奥貞夫《まおうさだお》の履歴書のある一点を見て、また軽く吹き出してしまう。

「長い海外生活のせいで言葉遣いを間違えたのか、それとも素なのか……普通ならこんなことを書かれたら顔を顰《しか》めるところだが」

履歴書の本人希望欄。そこには彼の性格を感じさせる丁寧な字で、

『うまい飯が食いたい』と書いてあったのだった。

木崎《きさき》店長は、あの不思議な応募者が客として店に来て、真剣に食事をしていたことを思い出す。

その顔は、常日頃から木崎《きさき》店長が、いや、木崎真弓《きさきまゆみ》が求めてやまないものだったのだ。

「食べたものを本当に『美味《おい》しい』と思ったかどうかは、顔に出る」

日本中どころか世界中どこにでもある、マグロナルドのバーガーとポテト。

それをあんなに美味《おい》しそうに食べる大人を、彼女は初めて見たのだった。

※

「おはよーございまーす！　あ」

真奥《まおう》がスタッフルームに入ると、休憩用の椅子に座っていた人物が顔を上げた。

「おはよう真奥《まおう》君」

「あ、店長、おはようございます」

マグロナルド幡ヶ谷《はたがや》駅前店店長、岩城《いわき》琴美《ことみ》だった。

「来て早々だけど、着替え終わったらちょっと相談いい？」

「はい。ちょっと待っててください」

真奥《まおう》はさっと着替えを済ませ、それでもきちんと姿見で全身を点検してから、岩城《いわき》の傍《かたわ》らへと寄る。

「なんですか？」

「うん、新しめの人達の中から誰か、二階のカフェを一人で回せるようにしたいのよ。今、実質二階のカフェを完璧に回せるのって真奥《まおう》君一人でしょ？　でもそうなると当然真奥《まおう》君に見てもらうことになるわよね」

「ああ、そうですね」

マグロナルド幡ヶ谷《はたがや》駅前店の二階は、マッグカフェという新業態のスペースである。

通常メニューとは差別化を図ったカフェメニューが充実しているのだが、その分これまでのマグロナルドの環境とはかなり状況が異なっている。

もちろん全国で統一された規格の中で提供されるメニューばかりであることは間違いないのだが、それでも、最低限の技術と意識を持っているか否《いな》かは明確に味を左右する。

「佐々木《ささき》さんの穴埋めって意味もあるから、できればきちんとマグロナルド・バリスタ研修も受けてもらいたいのよ」

「それはそうですね。誰か希望者いるんですか？」

「そのことなんだけどね」

岩城《いわき》のかけている大きな眼鏡が、きらりと光った気がした。

「遊佐《ゆさ》さんとリヴィクォッコ君には確定でお願いすることにしたから」

「え？」

「もちろん他にもやりたい人がいれば研修は受けてもらうけど、二人には絶対に受けてもらうから」

「え、ええと、それはまぁ、俺は全然かまわないんすけど……どうしてあいつら確定なんですか？」

眼鏡の奥の岩城《いわき》の笑顔には、少しだけ、疲れが滲《にじ》んでいた。

「……エンテ・イスラの人達がね、普通のお客さんには怖いこともあるらしいの。昨日、本社から『幡ヶ谷《はたがや》駅前店ではハロウィンパーティーが常態化してるのか』って意見が来てるって言われちゃって」

「…………っっ！　すんませんっっしたあっ!!」

その瞬間、真奥《まおう》は岩城《いわき》の足元に額をこすりつけんばかりの勢いで土下座する。

これだけで、岩城《いわき》の意図は明白に察せられた。

真奥《まおう》、恵美《えみ》、リヴィクォッコの三人が二階にいれば、この三人の『お客』は二階に上がる。

そうすれば、最悪外からは彼らの様子は見え辛《づら》くなる、ということらしい。

「……ごめんなさいね。事情知ってる私が言うと臭い物に蓋みたいな言い方になるから心苦しいんだけど、ほら、その、なんだっけ、東大陸の人？　とかの中には結構威圧感のある人とかいて、しかも何人も来るから……」

「そうっすよねそうっすよね本当すいません！」

「最近、実際にエンテ・イスラに行った川田《かわた》君や大木《おおき》さん以外の人達も、一体なんなのかって不審がってるのよ。だから、真奥《まおう》君からも遊佐《ゆさ》さんとリヴィクォッコ君にその旨《むね》伝えてもらえると助かるわ」

「俺の命を賭けて、二人には研修受けさせます‼」

「魔王の命なんて賭けられても怖くて受け取れないわよ」

岩城《いわき》はそう言うと、

「ほら立って。あと手洗って。誰か入ってきたら何ごとかと思うわよ」

「ほんと申し訳ありませんっっっ！」

もう申し訳なさで岩城《いわき》の顔も見られない真奥《まおう》。

「ほら顔上げて。悪魔の王様がそんな情けないことしないで」

「今更ですしここで頭下げずにいつ下げるかって話です！」

「困った魔王様ね……。申し送りは他にもあるの。来週からのフェアメニューの試作用サンプルが来てるから、隙を見て覚えてちょうだいね。今日の休憩のお昼は、良かったらそれ食べて」

「はいっ！」

真奥《まおう》は最敬礼をして、スタッフルームから出た。

キッチンには先ほど岩城《いわき》が言っていた試作サンプルの冷凍キットが搬入されてきており、パッケージには『明太子《めんたいこ》チーズバーガー』と書かれている。

「ソースのボトル一本占領するやつだな」

恐らく、明太子《めんたいこ》、の部分は明太子《めんたいこ》ソースをチーズの上に落とす形になるだろう。

レギュラーソース以外にフェアメニュー用のボトルが入ると、微妙にレギュラーメニュー側の手順が変わるので、ミスを起こさないよう試作はきちんとやらなければならない。

「でも、明太《めんたい》チーズか。絶対美味《うま》いよな」

真奥《まおう》は念入りに手を洗いながら、今日のこれからの作業手順をぼんやり考えていると、

「おはよう、魔王」

背後から声をかけられて、真奥《まおう》も顔だけ振り返る。

「おう恵美《えみ》」

遊佐恵美《ゆさえみ》が、出勤してきた。

「恵美《えみ》、多分この後すぐに店長から話があると思う」

「え？　そうなの？　スタッフルーム？」

「ああ。俺は今土下座を済ませてきた」

その瞬間、恵美《えみ》の表情から『胃が痛い』という声が聞こえてきた。

「結果的にまた俺と研修ってことになるけど、観念しろよ」

「……ええ、分かったわ。もーどうしてこんなことに……」

恵美《えみ》はげんなりしながらも、意を決してスタッフルームへと入っていった。

真奥《まおう》は扉の向こうに消えた恵美《えみ》を見送りながら、思う。

あのとき、こんなことになるとは思ってもみなかった。

今や宿敵の勇者は同僚で後輩として同じ職場で働き、店長の岩城琴美《いわきことみ》、アルバイトクルーの川田武文《かわたたけふみ》と大木明子《おおきあきこ》、そして、真奥《まおう》をこの店のクルーとして採用してくれた前店長の木崎真弓《きさきまゆみ》は、真奥《まおう》の正体と、異世界エンテ・イスラのことを知っている。

※

「それでは……何がいいかな。そうだな、新クルーの研修抜けを祝って乾杯!」

控えめに鳴らされたグラスの音を聞きながら、真奥《まおう》は落ち着かなげに周囲を見回していた。

日本に来て初めて体験する『居酒屋』の空間。

同じ飲食店でも、マグロナルドとは何もかもが大違いだ。

店長の木崎《きさき》に誘われて、ほぼ同時期に採用された川田武文《かわたたけふみ》と、真奥《まおう》の少し後に採用された大《おお》木明子《あきこ》という新人クルーと一緒に、懇親会に参加した。

真奥《まおう》と川田《かわた》、そして大木《おおき》は歓迎会も兼ねているので無料参加ということらしいが、それが逆に真奥《まおう》を不安にさせた。

とにかく、店内に掲示されているメニューの値段が高すぎる。

マグロナルドなら三五〇円でバーガー、ポテト、コーヒーが一式揃《そろ》うのに、この店ではウーロン茶一杯だけでもう二八〇円してしまう。

牛丼屋なら、事に拠《よ》れば牛丼一杯食べられる額だ。

その上、懇親会と言ってもマグロナルドは飲食店なので、決して大勢参加できているわけではない。

木崎《きさき》と真奥《まおう》、川田《かわた》、大木《おおき》以外に来ているのは真奥《まおう》達の研修を受け持った前山《まえやま》というクルーと、他二人ほど。

ワリカン、という習慣は真奥《まおう》も知っていたが、こんなに単価の高い店で奢《おご》られてしまったら、その後どんなことになるのか想像もつかない。

「さ、なんでも好きなもの頼みな。ドリンクだけ飲み放題にしてあるけど、食事は単品注文だから」

そう言われて差し出されたメニュー票を見てまた、真奥《まおう》は固まってしまう。

どれもこれも、異様に高い。

一度の外食で五〇〇円以上の額を使ったことの無い真奥《まおう》にとって、サラダだけで七〇〇円というのはもう異世界のこととしか思えなかった。

なので何も言い出せずに逡巡《しゅんじゅん》していると、

「じゃあ木崎《きさき》さん！ 串盛りいいですか！」

大木《おおき》が先陣を切ってそんなことを言い出した。

たまたま同じページを開いていた真奥《まおう》は、八本串盛り九八〇円という値段を見てまた白目を剝《む》く。

「いいよ。タレと塩どっちだ？」

「タレがいいです」

「ん……あー、塩も頼んでおくように」

「やったっ！」

「あ……じゃあ僕、カラアゲ二種盛りいいですか」

そこに川田《かわた》も便乗し、

「いいけど鶏肉《とりにく》だらけになるから、他のものも頼んでくれよ。とりあえずサラダは大根サラダでいいかな。この人数なら二皿かな」

打てば響くような串盛りとサラダのダブル。真奥《まおう》は目が回ってきた。

こういうものなのだろうか。

川田《かわた》と大木《おおき》は大学生だということらしいが、日本の学生にはこんな恐ろしい場に慣れることができるような環境があるのだろうか。

メニューを手に固まっていると、

「まーくんは、何かないのか」

と、正面に座っていた木崎《きさき》が声をかけてきた。

「遠慮するなよ。君達の歓迎会なんだから」

「……いやその、実はこういう店初めてで、何頼んでいいかよく分からなくて……」

そう言うと、川田《かわた》と大木《おおき》は、同年代の真奥《まおう》が居酒屋には行ったことが無いということに少し驚いたような顔になったが、木崎《きさき》はなぜか笑顔で頷《うなず》いた。

「そうか。それは良かった」

「え？」

「だったら何を食べても、きっと新鮮に感じるぞ。だから尚更《なおさら》、自分で選んでみたらいい。安心していいよ。ドリンクは飲み放題で固定だから、この人数でどんなに飲み食いしたところで非常識な値段にはならないから」

「……あ、はい、じゃあ……」

木崎《きさき》には、採用されてしばらくした頃に自分の生活環境についてかなり詳細な部分まで話していた。

だからこその今の言葉だったのだろうが、それで調子に乗れるような性格の真奥《まおう》ではない。

熟考した上、真奥《まおう》が選び出したのは、

「お、なるほどホッケか」

大きな写真の割に七〇〇円と、他のものに比べれば比較的抑えめな値段の魚だった。

真奥《まおう》は結局このホッケ一皿七〇〇円を注文するだけで精神力を使い果たしてしまったが、勢いづいた大木《おおき》達が後から後から注文を重ねたため、緊張と絶望で気が遠くなりかける。

そんなとき、最初にやってきたのは大根サラダだった。

大盛りのサラダを大木《おおき》がかいがいしく取り分け、真奥《まおう》の小皿にもサラダが山と盛られる。

それを、きちんといただきますと声に出してからつまんだ真奥《まおう》は、

「……美味《うま》い」

思わずそう呟《つぶや》いていた。

大根と人参《にんじん》、そしてきゅうりに水菜。

それらに絡《から》まる胡麻《ごま》ドレッシングは、真奥《まおう》がこれまで自宅で食べていた、ただのキャベツの千切りと同じジャンルに属する食べ物だとはとても思えなかった。

続いてやってきたカラアゲ二種盛りは、立ち上がる香りにすら味がついているかのように錯覚させるほど香ばしく、しかも大きい。

漏れ出す油はまるでそれだけを飲みたくなるほどに味わい深い。

そこにナスの一本漬けが乱入してくる。

ナスの感触とさっぱりした塩味がカラアゲの油を洗い、真奥《まおう》はそれらを一気に喉の奥に流し込むように、ウーロンハイを呷《あお》った。

次なるは焼き鳥の串盛り、タレと塩。

調味料によって、同じ食べ物の魅力がここまで大きく変化するものなのか。

そしてこの鶏肉《とりにく》という食材の多様性はどうだろう。

柔らかいもの、歯ごたえのあるもの、さっぱりしたもの、ジューシーなもの、癖の強いもの。

先ほどのカラアゲと合わせておよそ鶏肉《とりにく》の一言でくくって良いものではない。

そして遂《つい》に、真奥《まおう》が自主的に選んだ、焼きホッケがやってきた。

「でかっ！」

スーパーマーケットで、こんな巨大な魚は見たことが無い。

というか、実は今日この瞬間に至るまで、真奥《まおう》は魚をまともに食べたことが無かったことに気づいた。

だからどう箸を出していいか逡巡《しゅんじゅん》していたが、川田《かわた》と大木《おおき》は慣れたもので、ホッケに直接自分の箸を刺して身を取って食べていたので、真奥《まおう》もその様子を見ながら湯気のくゆる白身を口に入れた。

「……おお」

柔らかい身にまろやかな塩味と、確かな食べ応え。

「……うめぇ……」

初めて食べる焼き魚の味に真奥《まおう》が感動していると、

「君は本当に、食べるとき幸せそうだな」

向かいの木崎《きさき》が、グラスの氷を鳴らしながら、少し赤らんだ顔で言った。

「ああいや、すいません、普段なかなかこんないい物食べないから……」

あまりに貧乏性をこじらせすぎたかと恥じた真奥《まおう》だったが、木崎《きさき》は首を横に振る。

「そういうことじゃないよ。君は店で食事をしてるときもそうだよ。もうさすがにハンバーガーなんか食べ慣れてるだろうに、君はいつも、どんなものでも美味《うま》そうに食べるからさ」

「はぁ……そうですか？」

「ああ」

酒の席の戯言《たわごと》で、決して深い意味はあるまい。

だが、そのときの木崎《きさき》の言葉は、なぜか真奥《まおう》の心に深く突き刺さった。

「傍目《はため》に分かるほど美味《おい》しそうにご飯を食べる奴《やつ》に、悪い奴《やつ》はいない」

※

良いか悪いかで言えば、人間から見た真奥《まおう》は圧倒的に『悪い』方だ。

そしてその事実を、今はもう、木崎《きさき》も知っている。

それどころか、知り合って間もない新店長の岩城琴美《いわきことみ》。

あの日歓迎会の卓を囲んだ川田《かわた》と明子《あきこ》も知っている。

そして何より、真奥《まおう》を人類と世界の敵と付け狙ってきた勇者エミリアが今、

「土下座しようとしたけど止められたわ」

「店長そういうつもりじゃないからな」

「あなたはしたんでしょ」

「俺とお前じゃ立場が違う」

「今はこの店の従業員よ。エンテ・イスラの事情で迷惑かけてるんだから悪いのはこっちだもの」

同じ場所にいる。

明日の食事もままならなかったあの頃からわずか一年と少し。

「そういや恵美《えみ》、今日の昼、あれ作って食ってくれってさ」

「へぇ、明太《めんたい》チーズ。美味《おい》しそうじゃない」

飯も、人も、随分変わったものだと、恵美《えみ》と並んで冷凍された明太《めんたい》ソースとバンズを見下ろしながら、ふと思うのだった。

作者、あとがく　―AND YOU―

今回のあとがきには若干のネタバレ要素があります。
あとがきから先行される方、ご注意ください。

昨今色々なメディアで、美味しくご飯を食べることを主眼に置いた物語が沢山展開されています。

日常生活を堅持し、生活の基本として常に『食』の存在を意識してきた『はたらく魔王さま！』がこの波に乗らない手はありません。

本書は『はたらく魔王さま！』の1巻から20巻までの物語の幕間に潜り込み、真奥貞夫《まおうさだお》、遊佐恵美《ゆさえみ》、佐々木千穂《ささきちほ》、芦屋四郎《あしやしろう》、漆原半蔵《うるしはらはんぞう》、鎌月鈴乃《かまづきすずの》の六人の、日常生活の中の『食』に注目した物語です。

『悪魔大元帥、米を炊く』

原作1巻の最中の物語です。
芦屋《あしや》は徹頭徹尾真奥《まおう》の忠臣であることが垣間見える一話。
企画を立ち上げた段階で書いたお話で、担当編集さんが、

「ただお米を炊いてるだけなのに小説になってる……」

とぽろっとこぼしたのが印象深いです。

米は日本食の基本であり、ひいては魔王城の生活の基本なのです。

『堕天使、芋を齧る』

導入は原作15巻の、真奥《まおう》達の今後のことをあれこれ悩む千穂《ちほ》の相談に漆原《うるしはら》が乗っているシーンですが、話の肝は1巻と2巻の中間となっています。

敵として現れた漆原《うるしはら》が、最終的にどのようにして芦屋《あしや》の許しを得てアパートの住人になったのか、というお話。

ところで今更なんですが、元々作中における『鶏から揚げ』は家庭でできるちょっとしたごちそう程度の扱いでしかなかったのですが、いつの間にか漆原《うるしはら》の好物として定着していましたね。ナンデダローナー？

『聖職者、うどんを避ける』

食の好み、という意味で最初に食べ物と紐づけられたのは間違いなく鈴乃《すずの》でしょう。

食事をしながら表紙を飾ったのは、実は鈴乃《すずの》が最初です。

真奥《まおう》とマグロナルドのバーガーは、好物とはちょっと違いますからね。

事件は原作6巻直後のタイミングで起こりました。

ちなみに作中ではレトルトカレーを軸に調理していますが、半端にカレーが余ったときも、鶏ガラスープと混ぜてカレーうどんにするととてもお手軽で美味しいので是非お試しください。


『魔王、自分の趣味を思い出す』

時期は原作16巻の直前くらい。

真奥《まおう》が正社員登用研修の本番を迎え、しかも周囲から唐突に人が消えたタイミングです。

真奥《まおう》に映画鑑賞の趣味があることが明示されたのは、アパートにテレビすらなかった第1巻のとき。

にもかかわらずその後彼が一切映画館に行かなくなったのは、単純に仕事と家庭と人間関係が忙しくなりすぎたからです。

映画館って、忙しさにかまけて一度足が遠のくと本当に行かなくなってしまいますからね。

彼にとっても、そして作者にとっても、良い機会だったのだと思います。

何だかんだ皆を引っ張る魔王様に全きプライベートな余暇を与えると、こんな感じになる、というお話。


『勇者、完璧を諦める』

原作3巻直後。アラス・ラムスと住み始めて間もない頃の恵美《えみ》の姿です。

ここんとこ随分真奥《まおう》とフランクに接するようになった恵美《えみ》ですが、この頃はまだまだ真奥《まおう》に対し敵意が全ての先に立つ頃でした。

なので、昔の恵美《えみ》を描くのが少し楽しいお話でした。

ちなみに板前の友人曰く、家庭料理でもどんなに安くてもいいから『日本酒』を使った方が『料理酒』と銘打たれているものより美味しくなる、らしいです。

和ヶ原《わがはら》の料理の腕はその差を実感できるほどではないのですが、焼き鮭は軽く日本酒を振ってから焼いた方が美味しいと思ってます。


『女子高生、異世界料理を堪能する』

時期は15巻以降、神討ちの戦いが発動し、梨香《りか》もエンテ・イスラに普通に来るようになっている頃です。

エンテ・イスラの料理、というとこれまで鈴乃《すずの》がいつも騒がしいトカゲ料理ばかりフィーチャーされていましたし、恵美《えみ》が捕えられていた10巻前後でフィーチャーされたのは何故かミョウガの冷奴でした。

ようやくその一端を描くことができました。

どんな時代でも、

「近頃の若い者は自分が食べているものの形を知らない」

なんて賢しらに言う大人がいますが、さて我々は日頃食べているものの形や出所をどれほど分かって食べているのか、という問いかけを含んだお話です。


『魔王、飯のタネを得る』

原作1巻の中でのお話。

本書書き下ろしの物語です。

真奥《まおう》とマグロナルド幡《はたが》ヶ谷《や》駅前店との出会い。

毎日ご飯を食べるには、そのためにお金を稼がなければなりません。

たった二人で日本に放り出された真奥《まおう》と芦屋《あしや》が、どのようにして日本での生活を安定させていったのか、その秘密が遂に明らかになりました。

特別なことは何もしていない、何もできない。

結局生きるには、毎日少しずつ、地道な努力を積み重ねるしかないんですね……。


本書の表紙を029さんにお願いするとき、じゃあどんなデザインにしようかと相談になって、あまりに自然に、

『登場キャラと食べ物を一緒に出せば』

と言ったところ『はたらく魔王さま!』の表紙には既にバーガー、ポテト、やきそば、うどん、カレー、スイカ、きゅうり、トースト、チョコレートなんかが既に登場しており、芦屋《あしや》に至ってはおたまだ圧力鍋だを表紙に持ちこんでいて、

『いつもと変わらないじゃん!』

とセルフツッコミをしてしまいました。

本書収録の物語は、それほど『日常生活』に密着し、だからこそ時に意識すらせずに淡々と済ませてしまいがちな『食』にぐっと近づいた物語です。

あなたの食卓のその食材は、もしかしたら異世界の野菜かもしれません。

◉和ヶ原聡司著作リスト

「はたらく魔王さま！」（電撃文庫）
「はたらく魔王さま！2」（同）
「はたらく魔王さま！3」（同）
「はたらく魔王さま！4」（同）
「はたらく魔王さま！5」（同）
「はたらく魔王さま！6」（同）
「はたらく魔王さま！7」（同）
「はたらく魔王さま！8」（同）
「はたらく魔王さま！9」（同）
「はたらく魔王さま！10」（同）
「はたらく魔王さま！11」（同）
「はたらく魔王さま！12」（同）
「はたらく魔王さま！13」（同）

「はたらく魔王さま！14」（同）
「はたらく魔王さま！15」（同）
「はたらく魔王さま！16」（同）
「はたらく魔王さま！17」（同）
「はたらく魔王さま！18」（同）
「はたらく魔王さま！19」（同）
「はたらく魔王さま！20」（同）
「はたらく魔王さま！0」（同）
「はたらく魔王さま！0-Ⅱ」（同）
「はたらく魔王さま！ハイスクールN！」（同）
「はたらく魔王さま！SP」（同）
「はたらく魔王さま！SP2」（同）
「はたらく魔王さまのメシ！」（同）
「ディエゴの巨神」（同）
「勇者のセガレ」（同）
「勇者のセガレ2」（同）
「勇者のセガレ3」（同）
「スターオーシャン：アナムネシス -The Beacon of Hope-」（同）

本書に対するご意見、ご感想をお寄せください。

電撃文庫公式ホームページ 読者アンケートフォーム
https://dengekibunko.jp/
※メニューの「読者アンケート」よりお進みください。

ファンレターあて先
〒 102-8584 東京都千代田区富士見 1-8-19
電撃文庫編集部
「和ヶ原聡司先生」係
「029 先生」係

初出

「悪魔大元帥、米を炊く」／「電撃文庫MAGAZINE Vol.60」(2018年3月号)
「堕天使、芋を齧る」／「電撃文庫MAGAZINE Vol.61」(2018年5月号)
「聖職者、うどんを避ける」／「電撃文庫MAGAZINE Vol.62」(2018年7月号)
「魔王、自分の趣味を思い出す」／「電撃文庫MAGAZINE Vol.63」(2018年9月号)
「勇者、完璧を諦める」／「電撃文庫MAGAZINE」(2018年11月号)
「女子高生、異世界料理を堪能する」／「電撃文庫MAGAZINE」(2019年1月号)

文庫収録にあたり、加筆、訂正しています。

「魔王、飯のタネを得る」は書き下ろしです。

電撃文庫

はたらく魔王《まおう》さまのメシ！

和ヶ原聡司《わがはらさとし》

2019年2月9日　初版発行

発行者　郡司 聡
発行　株式会社KADOKAWA
〒102-8177　東京都千代田区富士見2-13-3
0570-06-4008（ナビダイヤル）
装丁者　荻窪裕司（META＋MANIERA）
印刷　株式会社暁印刷
製本　株式会社ビルディング・ブックセンター

カスタマーサポート（アスキー・メディアワークス ブランド）
［電話］0570-06-4008（土日祝日を除く 11時～13時、14時～17時）
［WEB］https://www.kadokawa.co.jp/（「お問い合わせ」へお進みください）
※製造不良品につきましては上記窓口にて承ります。
※記述・収録内容を超えるご質問にはお答えできない場合があります。
※サポートは日本国内に限らせていただきます。
※定価はカバーに表示してあります。

ISBN978-4-04-912326-5　C0193　Printed in Japan

電撃文庫　https://dengekibunko.jp/

電撃文庫創刊に際して

文庫は、我が国にとどまらず、世界の書籍の流れのなかで〝小さな巨人〟としての地位を築いてきた。古今東西の名著を、廉価で手に入りやすい形で提供してきたからこそ、人は文庫を自分の師として、また青春の想い出として、語りついできたのである。

その源を、文化的にはドイツのレクラム文庫に求めるにせよ、規模の上でイギリスのペンギンブックスに求めるにせよ、いま文庫は知識人の層の多様化に従って、ますますその意義を大きくしていると言ってよい。

文庫出版の意味するものは、激動の現代のみならず将来にわたって、大きくなることはあっても、小さくなることはないだろう。

「電撃文庫」は、そのように多様化した対象に応え、歴史に耐えうる作品を収録するのはもちろん、新しい世紀を迎えるにあたって、既成の枠をこえる新鮮で強烈なアイ・オープナーたりたい。

その特異さ故に、この存在は、かつて文庫がはじめて出版世界に登場したときと、同じ戸惑いを読書人に与えるかもしれない。

しかし、〈Changing Times,Changing Publishing〉時代は変わって、出版も変わる。時を重ねるなかで、精神の糧として、心の一隅を占めるものとして、次なる文化の担い手の若者たちに確かな評価を得られると信じて、ここに「電撃文庫」を出版する。

1993年6月10日
角川歴彦

電撃文庫DIGEST　2月の新刊

発売日2019年2月9日

★第25回電撃小説大賞《金賞》受賞作!

つるぎのかなた

【著】渋谷瑞也　【イラスト】伊藤宗一

一度は剣を捨てた少年・悠は、初めて肩を並べる仲間と美しき"剣姫"により再び剣の道に舞い戻る。そこで彼を待っていたのは——高校剣道界最強の男だった!　剣に全てを捧げる高校生たちの青春剣道物語、堂々開幕!

★第25回電撃小説大賞《銀賞》受賞作!

リベリオ・マキナ
—《白檀式》水無月の再起動—

【著】ミサキナギ　【イラスト】れい亜

対吸血鬼戦闘用絡繰騎士《白檀式》——戦渦拡がる欧州・ある公国の天才技師・白檀博士が産んだ"五姉弟"は救国の英雄となる……はずだった。第25回電撃小説大賞《銀賞》受賞の絡繰バトル・ファンタジー起動!!

★第25回電撃小説大賞《銀賞》受賞作!

鏡のむこうの最果て図書館
光の勇者と偽りの魔王

【著】冬月いろり　【イラスト】Namie

記憶を失った《最果て図書館》の館長ウォレスは、鏡越しに出会った少女ルチアと、世界を救うべく勇者を影から支えることに。だが自分の記憶が魔王討伐の鍵だと気づき——。どこか寂しい彼らの、どこまでも優しいファンタジー。

魔法科高校の劣等生

司波達也暗殺計画②

【著】佐島 勤　【イラスト】石田可奈

有希が司波達也に敗北して約二年の月日が流れた頃。彼女のもとに桜崎奈穂という暗殺者見習いの少女が訪れた。独自なフラッシュ・キャストを扱う奈穂の実力は如何に!?　そして、司波達也と有希の再会の行方は——。

はたらく魔王さまのメシ!

【著】和ヶ原聡司　【イラスト】029

すっかり日本の食文化にも慣れた魔王達ですが、
エンテ・イスラからやって来たばかりの頃は苦労も多く……。
そんな魔王達の『メシ』に纏わるエピソードが盛りだくさん!
庶民派グルメファンタジー特別編!!

タタの魔法使い3

【著】うーぱー　【イラスト】佐藤ショウジ

1000名を超える死傷者と共に異世界から再転移した私立折口大学附属高校。事件は終息したかに見えたが、異世界に取り残された生徒たちのサバイバルは続いていた。そしてついに明かされる事件の真相とは——。

昔勇者で今は骨4
わたしからあなたへ

【著】佐伯庸介　【イラスト】白狼

ソカリィの修理でオルダネル帝国を訪れたアルは、キメラの少女を救うため神の骨を探すことに。いつものお気楽な冒険になるはずが、アルの魂が神の骨に取り込まれてしまい——昔勇者で今は骨な冒険者、ついに昇天!?

はじらいサキュバスがドヤ顔かわいい。③
～あの、私も本気になっちゃいますからね……?

【著】旭 蓑雄　【イラスト】なたーしゃ

いがみ合っているのかイチャイチャしているのか。犬も食わない夫婦?カンケイな二人に訪れた転機。片思いをしている知人のサキュバスと恋愛同盟を結成した夜美は、恋の罠にヤスを陥れようと目論むが……?

異世界に間違った人材を派遣してしまったのですが何とかしてもらっていいですか?(泣)2
—異世界の　法則が　もっと　みだれる!—

【著】逢坂為人　【イラスト】もくふう

駄女神様が土下座で「すいません!お願いします!助けてくださいぃ(泣)!」って泣いてるけど、もう慣れたもの。さて、次はどの異世界を後始末したらいいんですかね……?
異世界あるある失敗後始末ライフ!

新作

死にたがりの聖女に幸せな終末を。

【著】西塔 鼎　【イラスト】Enji

あの戦争は何もかもを奪っていった。ここは明日のない聖女が住まう箱庭。そして私は彼女たちを救えない、ただの傍観者でしかなくて——異能の戦闘少女たちとその調律官の、作り物だけれど美しき、最期の日々。

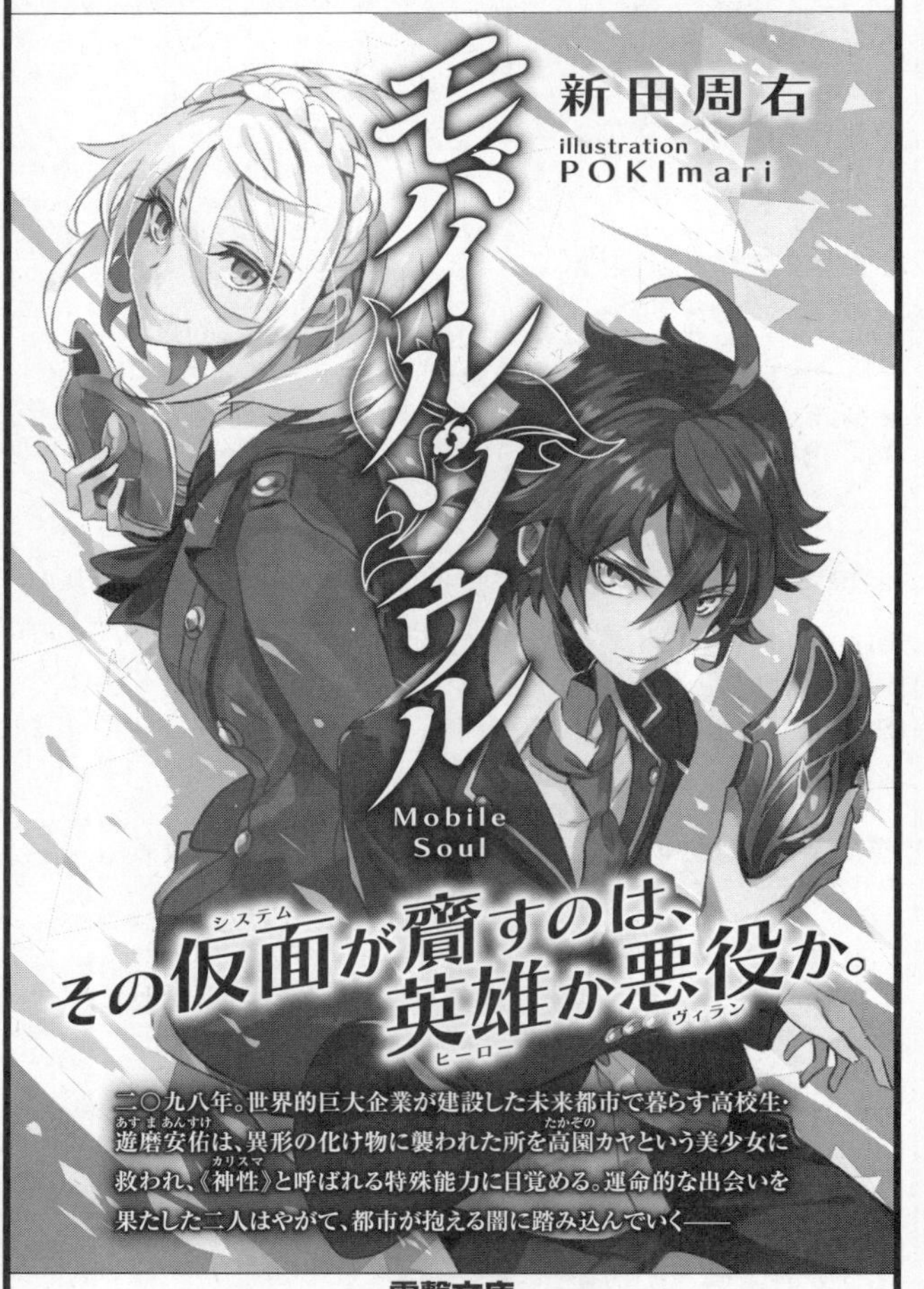
モバイル・ソウル
新田周右
illustration
POKImari
Mobile
Soul
その仮面《システム》が齎すのは、英雄《ヒーロー》か悪役《ヴィラン》か。
二〇九八年。世界的巨大企業が建設した未来都市で暮らす高校生・遊磨安佑《あすまあんすけ》は、異形の化け物に襲われた所を高園《たかその》カヤという美少女に救われ、《神性《カリスマ》》と呼ばれる特殊能力に目覚める。運命的な出会いを果たした二人はやがて、都市が抱える闇に踏み込んでいく——
電撃文庫

ガーリー・エアフォース

GIRLY AIR FORCE

夏海公司

イラスト◎遠坂あさぎ

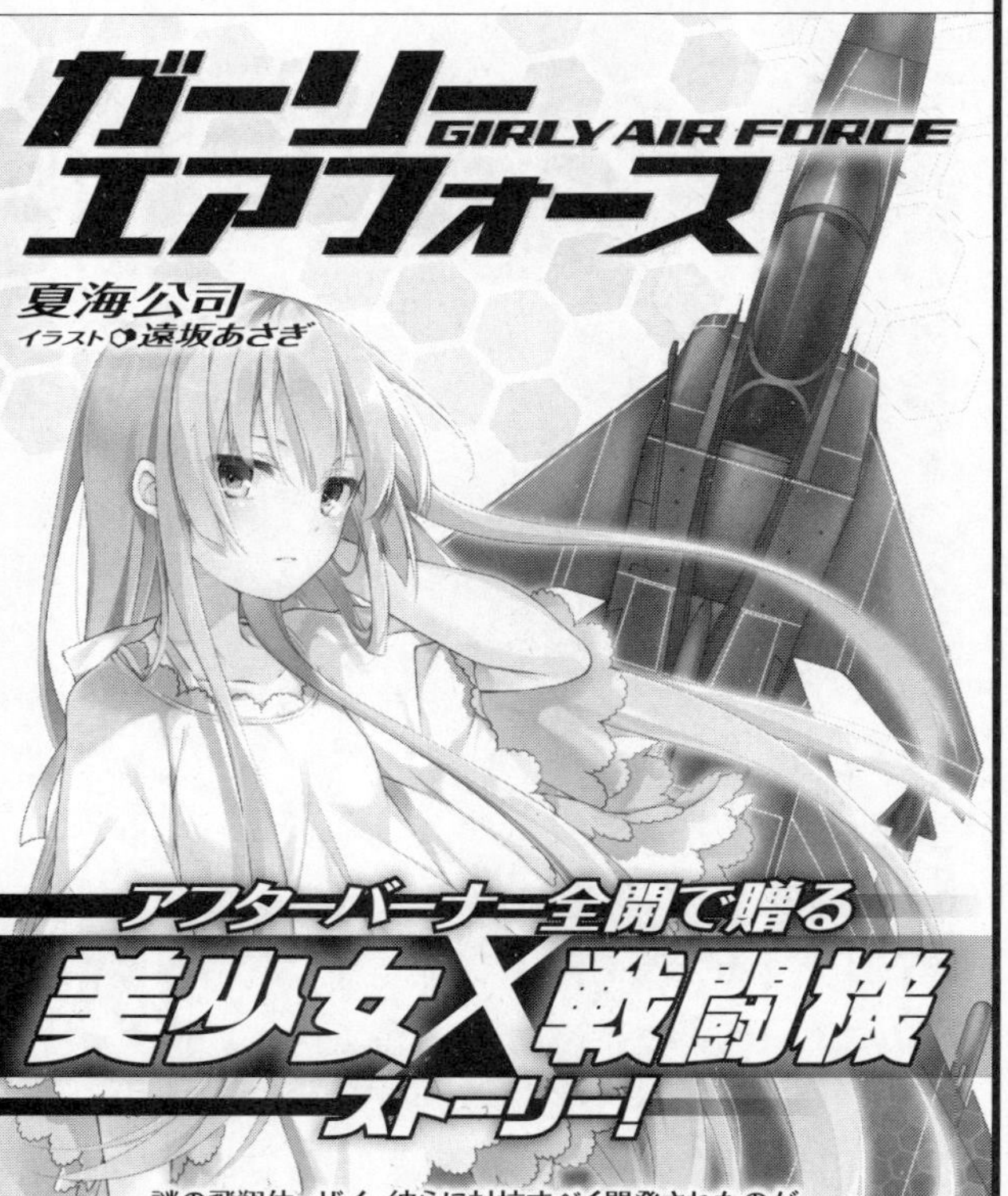

アフターバーナー全開で贈る

美少女×戦闘機ストーリー！

謎の飛翔体、ザイ。彼らに対抗すべく開発されたのが、
既存の機体に改造を施したドーターと呼ばれる兵器。
操るのは、アニマという操縦機構。それは――少女の姿をしていた。
鳴谷慧が出会ったのは真紅に輝く戦闘機、
そしてそれを駆るアニマ、グリペンだった。
人類の切り札の少女と、空に焦がれる少年の物語が始まる。

空と海に囲まれた町で、
僕と彼女の
恋にまつわる物語が
始まる。
青春ブタ野郎シリーズ
鴨志田一
イラスト●溝口ケージ
図書館で遭遇した野生のバニーガールは、高校の上級生にして活動休止中の
人気タレント桜島麻衣先輩でした。『さくら荘のペットな彼女』の名コンビが贈る、
フツーな僕らのフシギ系青春ストーリー。
電撃文庫

地味で眼鏡で超毒舌。俺はパンジーこと
三色院菫子が大嫌いです。
なのに……俺を好きなのはお前だけかよ。
発売直後から大反響！
これが最近の
ラブコメなのかよ!?
俺を好きなのはお前だけかよ
駱駝《らくだ》
illustration ブリキ
第22回電撃小説大賞
金賞
電撃文庫

〝行商人〟と〝賢狼〟の旅を描いた
剣も魔法も登場しない、経済ファンタジー。
狼と香辛料
支倉凍砂
イラスト／文倉十
行商人ロレンスが旅の途中に出会ったのは、狼の耳と尻尾を有した
美しい娘ホロだった。彼女は、ロレンスに
生まれ故郷のヨイツへの道案内を頼むのだが——。
電撃文庫